Eric Malpass, geboren am 14. November 1910 in Derby, war lange Jahre Bankangestellter in Mittelengland. 1947 wurde er Mitarbeiter der BBC und namhafter Zeitungen, so des «Observer», dessen Kurzgeschichten-Wettbewerb er 1954 gewann.

Eric Malpass, der verheiratet ist und einen Sohn hat, lebt als freier Schriftsteller in Long Eaton / Nottingham.

Das Werk Eric Malpass' ist im Rowohlt Verlag erschienen.

Eric Malpass

Familie Limmerick

Geschichten

Deutsch von
Juscha Zoeller

rororo

Rowohlt

Deutsche Erstausgabe
Veröffentlicht im Rowohlt Taschenbuch Verlag GmbH,
Reinbek bei Hamburg, September 1995

Umschlaggestaltung Susanne Heeder
(Foto: Wallace Garrison /
Transglobe Agency-Index Stock)
Autorenfoto Seite 2: Studio 71,
55 The Wardwick Derby

Satz Excelsior (Lintronic 500)
Gesamtherstellung Clausen & Bosse, Leck
Printed in Germany
990-ISBN 3 499 33120 9

Familie Limmerick

Claire Limmerick, 37
Mutter von vier Kindern, erwartet ihr fünftes; was eine Menge Aufregung in die Familie bringt.

Charles Limmerick, 42
Architekt, wollte eigentlich fünfzehn Kinder; sein Sinn fürs Schöne bringt ihn manchmal in Schwierigkeiten. Wenn er nicht so vergeßlich wäre, müßte man ihn einen idealen Ehemann und Vater nennen.

Catherine, 17
der Teenager, den natürlich niemand in der Familie richtig versteht. Die einen sind zu jung, die anderen zu alt – wie sollen sie also begreifen, was Liebe ist?

Tertia, 12
heißt eigentlich Elisabeth, der Mittelpunkt und Schlaumeier der Familie. Selbst ihre älteste Schwester ist ihr nicht gewachsen.

Rose, 7
hält ihre Puppe im Arm, als wollte sie ihren Zwillingsbruder festhalten, der nicht mehr lebt. Das «Seelchen» unter den Limmericks braucht eine ganze Menge Trost.

Henry, 3
Noch ist er der Jüngste, und das wurmt ihn gewaltig. Aber er sorgt schon dafür, daß man ihn nicht übersieht.

I

Die Neuigkeit verbreitete sich so schnell wie ein Buschfeuer. Aber nicht bei allen Mitgliedern der Familie Limmerick erregte sie Begeisterung.

«Liebling», ihr Flüstern verriet Entzükken, «ich glaube, Nummer sechs ist unterwegs.» Sogar Charles war nicht so hingerissen wie sonst. Vielleicht lag es daran, daß er gerade über den Rechnungen saß und Schecks ausschrieb: für die Reitstunden von Catherine und für die Schlittschuhstiefel von Tertia. «Nummer – Nummer sechs?» sagte er und sah ziemlich betreten aus.

«Ja, mein Liebling, ist das nicht herrlich!» Sie ließ sich nicht aufhalten. «Ich finde, wenn es ein Junge wird, sollten wir ihn Sextus nennen.»

«Aber –» seine Stimme klang etwas kleinlaut – «aber...»

Sie hatte sich ihr neues Hauskleid für die Verkündigung der großen Neuigkeit angezogen, ganz aus rotem Samt und

Gold. Sie beugte sich über ihn und zerzauste ihm das ohnehin schon verstrubbelte Haar. Dann legte sie die Arme um seinen Hals. Die weiten Ärmel gaben ihre nackten Arme frei, und er spürte, wie das warme Fleisch zärtlich, aber ziemlich schmerzhaft auf seinen Adamsapfel drückte. Es war ein guter Auftritt, nur nicht ganz gelungen: Sie hatte die Rechnungen übersehen.

Es klang gekränkt, als sie sagte: «Charles, du freust dich doch, oder?»

Er schob die goldgeränderte Brille höher auf die Nase. «Ich bin selig, altes Mädchen, das ist doch selbstverständlich.»

«Ich glaube mich zu erinnern, daß du immer gesagt hast, glücklich ist der Mann, der eine volle Scheune hat – oder hast du nicht?»

«Stimmt, altes Mädchen.» Er blätterte die restlichen Rechnungen durch. Ein Regenmantel für Rose, Schuhe für den kleinen Henry. «Es ist ja nur – ich meine – weißt du, die alte Scheune quillt allmählich über.»

«Charles!» Ihre Arme lagen nicht länger

um seinen Hals. Sie setzte sich auf eine Ecke seines Schreibtisches und strich die Falten ihres eleganten Kleides glatt. Ihr liebes, geliebtes Gesicht unter der Wolke von blondem Haar war voller Vorwurf.

«Ich hab es schließlich nicht allein gemacht.»

«Das weiß ich doch, mein Herz. Ich hab doch nur gesagt...»

«Du hast ganz schön mitgeholfen. Und nun soll ich allein schuld sein.»

Er stand auf und nahm sie in die Arme. Ihr Körper fühlte sich steif an.

«Claire, ich freue mich wirklich. Ich liebe Kinder. Wir waren doch beide der Meinung, fünfzehn wäre eine hübsche Zahl. Erinnerst du dich?»

Tertia war der reitende Bote, der die gute Nachricht unters Volk brachte. «Hört bloß mal her», schrie sie, als sie nach oben stürmte. «Sie kriegen wieder eins.»

«Wieder ein was?» fragte der kleine Henry. Er kannte sich im Produktionsrhythmus der Familie noch nicht so recht aus.

«Wieder ein Baby, Dummchen. Es soll Sextus heißen.»

Der kleine Henry sagte kein Wort. Schon weil er noch gar nicht so viele Worte kannte, die er hätte sagen können. Sein rundes Gesicht blieb unbewegt. Aber tief drinnen in ihm grinste seine kleine Seele vergnügt vor sich hin. Er wackelte mit den Zehen vor lauter Glück. Beförderung! Endlich! Wie hatte Catherine ihn doch immer genannt? «Die primitivste Lebensform, die die Wissenschaft kennt.» Das war vorbei! Jetzt würde er ein großer Bruder sein. Wahrscheinlich würde man ihn immer noch etwas herumschubsen. Aber bald würde auch er selber ein bißchen schubsen können.

«Werden sie es zum Wochenende kriegen?» fragte er hoffnungsvoll.

«Nein, du Idiot.» Tertia wußte über solche Sachen genau Bescheid. «Ich würde sagen, in acht Monaten.»

Das kleine blasse Gesicht von Rose sah – wie fast immer – erschrocken aus. «Wie hast du es denn herausbekommen?» fragte sie.

«Ich hab an der Tür von Vaters Zimmer gehorcht. Vater klang nicht sehr erfreut.»

Catherine sagte entrüstet: «Schließlich kann er doch nicht einfach die ganze Verantwortung abschieben. Ohne ihn hätte sie es auch nicht fertiggebracht.»

«Warum nicht?» fragte Henry. Es interessierte ihn nicht sonderlich; aber er weigerte sich zu glauben, daß es irgend etwas gab, was seine angebetete Mutter nicht allein vollbringen konnte, wenn sie nur wollte. Tertia sagte: «Das ist noch nicht alles. Sie arbeiten auf fünfzehn hin. Hat Vater gesagt.»

«Also, das finde ich nun wirklich abscheulich.»

(Es war noch gar nicht lange her, daß Catherine die Absicht kundgetan hatte, ihren Job als Vaters Sekretärin aufzugeben und ins Kloster zu gehen. Und als ihre Mutter mit einem vergnügten Auflachen gefragt hatte: «Mein Liebes, du mußt erst ganz sicher sein, daß du berufen bist», hatte Catherine geantwortet: «Berufen? Soweit kommt's noch. Ich will irgendwohin, wo keine Männer sind!»)

«Ach, ich weiß nicht so recht», sagte Tertia mit einem Anflug von Großzügigkeit, «in ihrem Alter muß das Leben ganz schön langweilig sein.» Sie schlug die kleinen Hände zusammen. «Was bleibt ihnen schon übrig? Man kann ihnen nicht böse sein, wenn sie noch ein bißchen Spaß haben wollen.»

«Jetzt finde ich *dich* abscheulich», stellte Catherine fest.

Claire Limmerick sagte: «Es wird Zeit, daß wir es den Kindern erzählen. Es ist nicht anständig von uns, wenn wir sie im unklaren lassen. Ich werde es ihnen am Sonntag sagen, wenn wir alle beim Frühstück zusammensitzen. Die werden sich freuen! Ein süßes Brüderchen oder eine kleine Schwester.»

Erschreckt fuhr Charles Limmerick sich durch das Haar – es wurde allmählich grau. «Der Himmel möge uns einen Sohn schenken. Ihr seid zahlenmäßig sowieso schon haushoch überlegen.»

Sie sah ihn prüfend an. «Liebling, bist du immer noch quengelig?»

Er grinste. «Rate mal, wer nicht sehr entzückt sein wird. Deine Mutter.»

Vor siebzehn Jahren war Mrs. Verity – Claires Mutter – aschfahl geworden, als sie erfuhr, daß Catherine unterwegs war. Wie hatte sie doch so richtig zu ihrer Katze Volumnia bemerkt: «Soweit ist es also gekommen. Ich, eine elegante, immer noch schöne Frau in den frühen Vierzigern – ausgerechnet ich soll mit dem gräßlichen Titel Oma gebrandmarkt werden.»

«Das kannst du mir glauben, Claire», ihre Stimme war eiskalt gewesen, «ich werde mir nicht die Finger wund stricken. Oder meine Handtasche mit Fotos von einem Baby vollstopfen. Ich kann leider gar nichts dagegen tun, daß ihr mir dieses abscheuliche Etikett anheftet. Aber ich warne dich, Großmutter werde ich nur dem Namen nach sein.»

Siebzehn Jahre später. Mrs. Verity wollte sich gerade für ihren Bridgenachmittag fertig machen, da klingelte es. Sie zersprang nicht gerade vor Freude, als ein Enkelkind vor der Tür stand mit einem noch kleineren, das im Sportwagen schlief. «Hallo, Tertia, bringst du mir was von deiner Mami?» fragte sie hoffnungsvoll, «oder» – die Hoffnung schwand – «willst du mich nur besuchen?»

«Nur besuchen», antwortete Tertia. Sie kam rückwärts herein und zerrte den Kinderwagen über die Schwelle.

Mrs. Verity führte die beiden in ihr weiß-goldenes Wohnzimmer. Nein, Mrs. Verity würde niemanden in der Küche empfangen, nicht einmal die Enkelkinder. «Komm, Volumnia», sagte Mrs. Verity und nahm die geschmeidige Katze hoch. Sie wußte, wie begeistert Kinder von Haustieren waren. Ihre Katze würde sie bestimmt nicht irgendwelcher Schmach aussetzen.

«Soll ich Henry losmachen, damit er ein bißchen herumlaufen kann?»

«Ich würde ihn nicht wecken, Kleine. Er scheint so ganz zufrieden zu sein.»

Tertia wanderte durch das Zimmer. Sie nahm eine Vase in die Hand. «Genau dieselben haben sie bei Woolworth.»

«Ich glaube nicht, daß es genau dieselbe

ist, Kleine. An deiner Stelle würde ich sie wieder hinstellen.»

Sie hatte einen Kloß im Hals. Volumnia wurde unruhig. Henry schlief. Tertia hob ein besonders schönes Stück Meißner Porzellan hoch. «Sie kriegen noch eins», sagte sie.

«Ich fände es besser, wenn du das auch wieder hinstellen würdest, Kleine. Wer kriegt noch ein was, Tertia?»

«Mami und Papi ein Baby.»

«Nein!» Es gab keinen Zweifel. Mrs. Verity war entsetzt. Sie war noch nicht sechzig und bereits sechsfache Großmutter! Oh, es war unmenschlich. Mit ihrem Aussehen, ihrer Figur und ihrem Schick würde man sic glatt für cinc gutcrhaltene Fünfundvierzigerin halten – aber nicht mit einem Titel, der so alt machte! Welche Frau mit sechs Enkeln konnte behaupten, 45 zu sein?

«Sie wollen fünfzehn», sagte Tertia.

Mrs. Verity schwieg. Ihr war nicht mehr nach Bridge zumute. Eher nach einem Bett. Wenn sie sich nur mit einem kalten Umschlag hinlegen könnte.

Es klingelte. «Es tut mir leid, mein Kind», sagte sie, «aber ich habe Gäste. Du mußt dich leider verabschieden.»

Tertia hob ihr das Gesicht entgegen, um sich küssen zu lassen, und machte sich mit dem schlafenden Henry auf den Weg. Sie kam sich sehr edel vor. Mit diesem Besuch hatte sie ein bißchen Sonnenschein und Abwechslung in das Leben einer sehr einsamen alten Dame gebracht. Davon war sie überzeugt.

Claire war nicht sehr heiter. Wenn man so allein ist, neun Monate Aufregung vor sich, braucht man von seinen Lieben ein bißchen Ermutigung. Bis jetzt hatte sie noch nicht viel davon gemerkt. Aber wartet nur, bis ich es den Kindern gesagt habe, dachte sie. Dann ist alles anders. Sie liebte das Frühstück am Sonntagmorgen. Kein irres Durcheinander. Niemand war in Eile. Alle faulenzten bei Kaffee, Toast und Marmelade, lasen Zeitung oder redeten wild durcheinander.

Sie goß sich noch etwas Kaffee ein. Die Sonne strahlte durch die Fenster in die große Küche. Charles saß da in der merkwürdigen, seitwärts verdrehten Haltung eines Mannes, der am Tisch Zeitung liest. Der kleine Henry hockte stolz in seinem Kinderstuhl, das Gesicht vollgeschmiert mit Haferbrei. Catherine hatte ihren abwesenden Blick. Stumm brütete sie über ihrer verflossenen Liebe.

Claire fühlte, wie ihr das Herz warm wurde. Hier saß sie nun, in ihrem eigenen Haus, an einem strahlenden Morgen, umgeben von ihren Lieben. Im nächsten Augenblick wird sie ihnen etwas mitteilen, und alle werden aufspringen, lachen, durcheinanderreden, sie umarmen und ihr Glück wünschen. Ganz plötzlich kam ihr der Gedanke. Nur darum geht es bei uns Frauen. Das hier ist das Ziel, das sich alle Frauen wünschen, ob sie es zugeben oder nicht. Vergnügt schlug sie an ihren Teller. Lächelnd senkte sie den Blick.

«Kinder, ich habe euch etwas zu sagen», rief sie glücklich über den Tisch. Ihr Mann schob ihr die Tasse herüber.

«Gib mir bitte noch einen Schluck, ehe du loslegst, altes Mädchen.»

Sie goß ihm Kaffee ein. Inzwischen schlich sich ein versonnener Ausdruck auf das runde Gesicht von Henry. Tertia fiel das auf. Sie sagte: «Ich glaube, Henry hat die Hosen voll. Soll ich ihm frische geben, Mami?»

«Jetzt nicht, Liebling.» Sie holte tief Atem. «Also, meine Lieben, ich habe euch etwas sehr, sehr Aufregendes zu erzählen.»

«Der Postbote», schrie Tertia, sprang auf und rannte zur Tür.

«Sehr aufregend, wirklich», wiederholte Claire. Ihre Stimme klang nicht mehr so froh.

Tertia kam zurück. «Für dich, Mami. Von Tante Ann.»

Claire legte den Brief auf den Tisch. «Wie ich eben sagte, ihr Lieben...»

Die kleine Rose sagte erschrocken: «Mach ihn doch auf, Mami. Vielleicht steht drin, daß jemand krank ist.»

Bis ihr das Gegenteil bewiesen wurde, betrachtete Rose jede Kleinigkeit zunächst einmal als schlecht.

«Oder tot», schlug Tertia hoffnungsvoll vor.

Claire bekam einen Schreck. Über die Wangen der kleinen Rose rannen Tränen. Arme Rose! Sie war nicht wie die anderen. Ein blasses Kind. Sie schien durch das Leben zu schweben, immer lauschend – und suchend. Vielleicht suchte sie Edward, ihren Zwillingsbruder, der kurz nach der Geburt gestorben war. Arme Rose! Sie machte immer den Eindruck, als ob nur ein Teil von ihr in dieser rauhen Welt weilte, und als ob dieser Teil verwaist war. «Wie das eine Ende eines Wurms», hatte Tertia einmal in einem kurzen Anflug von weiblich-erwachsener Einsicht ihre jüngere Schwester beschrieben.

Claire lächelte Rose an und streckte die Arme nach ihr aus. Rosc schüttelte den Kopf. Sie konnte mit ihren Sorgen allein fertig werden, danke. Claire sah sie besorgt an. Dann nahm sie sich zusammen und sagte nunmehr: «Also, Kinder, wie ich schon sagte...»

«Mach doch den Brief auf, Mami», rief Tertia, «dann weiß Rose wenigstens, daß Onkel Jack nicht im Sterben liegt. *Falls* es so ist», fügte sie hinzu.

«Also gut.» Claires Stimme klang verärgert. Andere Menschen brachten es doch fertig, eine Neuigkeit zu verkünden, ja, sogar Reden zu halten. Im Film hatte sie solche Burschen gesehen. Sie brauchten nur die Hände hochzuheben, und schon schwieg die Menge. Immerhin waren sie nicht in meiner Lage, überlegte sie reuig. Sie riß den Brief auf und fing an zu lesen.

«Liebe Claire. Gratuliere. Du bist wirklich ein fruchtbarer Weinstock. Deine Dich liebende Schwester Ann.

P. S. Jack meint, der alte Charles muß ein wahres Wunder sein – bei seinem Alter.»

Claire konnte sich nicht erinnern, jemals so wütend gewesen zu sein. Sie hatte vorgehabt, gerade ihrer jüngeren Schwester die Neuigkeit sehr, sehr vorsichtig beizubringen. Denn die entzückende, heitere Ann und ihr Mann wollten etwas vom Leben haben, Kinder konnten warten.

Claire sagte: «Ann sollte die letzte sein, die es erfährt.»

«Lieber Himmel, aber warum?» fragte Charles.

Claire fuhr ihn an. «Weil ich mir in ihrer Nähe immer wie eine Kinder produzierende südamerikanische Bauersfrau vorkomme.» Mit flammendem Blick sah sie in die Runde: «Raus damit – wer hat es ihr gesagt?»

«Ich», antwortete Catherine, «ich mußte ihr doch schreiben und für das Geburtstagsgeschenk danken.»

«Ich danke dir auch sehr herzlich», sagte Claire bitter.

Catherine meinte: «Es tut mir leid, Mami, aber du weißt doch selber, wie schwierig solche Bedanke-mich-Briefe sind. So eine kleine Neuigkeit...»

Claire schrie mit furchterregender Stimme: «Ich verbitte mir, daß die Tatsache, daß ich wieder einmal meine Bestimmung als Frau erfülle, irgendeine kleine Neuigkeit genannt wird!»

«Tut mir leid, Mami.» Catherine war sehr kühl. Claire sah sie feindselig an. «Und woher weißt du es?»

«Ich hab es ihr erzählt», erklärte Tertia.

«Ach so. Und woher hast du es gewußt? Ich vermute, du hast an der Tür gehorcht?»

«Also, ich ging zufällig vorbei...»

«Tertia! Es ist gemein, hinterhältig und verächtlich, wenn man an Türen horcht. Ich möchte nicht, daß das noch einmal vorkommt.»

Zu ihrem Erstaunen spürte sie, wie ihr fast die Tränen kamen. Sie sagte flehend: «Kann denn keiner von euch sagen, daß er sich auf das Baby freut?»

Alle sahen unbehaglich aus. Sogar der kleine Henry, wenn auch vielleicht aus einem anderen Grund.

Catherine sagte ernsthaft: «Ich glaube nicht, daß man so etwas heutzutage als ein *pesönliches* Geschehen auffassen kann.»

«Wenn es was gibt, das noch persönlicher ist, als ein Baby zu bekommen, dann ist es mir bis jetzt entgangen.»

Tertia sagte anklagend: «Miß Thompson, unsere Mathematik-Lehrerin, sagt, daß die unüberlegte Vermehrung der Fluch unserer Zeit ist.»

«Miß Thompson ist mir egal», Charles Limmerick war sehr unfreundlich.

«Miß Thompson sagt, wenn sich die Bevölkerung weiter so vermehrt, werden wir im Jahr 2000 so übervölkert sein, daß kein Mensch mehr Platz zum Sitzen findet. Sie sagt, wir werden alle stehen müssen, Schulter an Schulter.»

Charles sagte müde: «Gibt es noch etwas Kaffee, Liebes?»

«Oder war es im Jahr 3000?» überlegte Tertia.

«Ich will's hoffen», sagte Charles. «Meine Krampfadern...»

Zu seinem Entsetzen schlug seine Frau plötzlich die Hände vors Gesicht und lief hinaus.

Er erwischte sie in seinem Zimmer.

«Claire!» sagte er scharf. «Du kannst nicht jetzt schon damit anfangen. Es ist erst der zweite Monat.» Er verstand gar nichts mehr. Sie war doch sonst ein friedlicher, heiterer Mensch.

«Claire», sagte er, «wo ist denn dein Sinn für Humor geblieben? Unsere eigenen Kinder beschuldigen uns ernsthaft der unbedachten Zeugung, und du findest das nicht komisch?»

Sie schüttelte den Kopf. «Nein, Charles.

Du solltest nicht darüber lachen. Es ist nicht komisch. Wirklich nicht. Es ist bemitleidenswert.»

«Bemitleidenswert?» sagte er und mußte lachen. «Bemitleidenswert?»

«Sie setzen die Liebe herab – Mann und Frau, Eltern und Kinder –, sie verkleinern alles und machen es zu einem Rechenexempel. Für sie ist ein Baby keine neue, keine wunderbare Schöpfung. Es ist ein Prozentsatz – nein, es ist noch viel schlimmer. Ein Baby ist eine Bedrohung der Umwelt.»

Er lehnte sich an den Tisch und nahm ihre Hände. Er lächelte.

«Warte nur, bis sie ihr neues Brüderchen kennenlernen...»

Sie blieb ernst. «Vielleicht. Aber es ist wahr, daß sie gelernt haben, in Zahlen und Richtungen zu denken – anstatt an das Leben. Wir sind keine Zahlen in einem Computer, Charles. Wir sind aus Fleisch und Blut.»

Sein Gesicht mit dem ernsthaften Lächeln war ganz nahe. «Es ist merkwürdig», sagte er, «sowie du schwanger bist, kommst du auf die merkwürdigsten Gedanken.»

Sie sah ihn entrüstet an. Als sie ihm antworten wollte, klingelte zu seiner Erleichterung das Telefon. Claire nahm ab. Nach einer Sekunde legte sie die Hand auf den Hörer und flüsterte: «Es ist deine Mutter. Soll *ich* es ihr sagen?» Er nickte.

«Hallo, Liebes», sagte Charles' Mutter, «ich wollte nur hören, ob es euch gutgeht. So viele Leute sind erkältet oder haben die Grippe.»

«Ja, es geht uns gut, Schwiegermutter. Ich bekomme wieder ein Baby.»

Am anderen Ende war Stille. «Schwiegermutter, bist du noch dran?»

Ein unterdrücktes Schluchzen. «Ja, meine Liebe, ich habe dich verstanden. Ich bin so glücklich.» Sie weinte wirklich. «Ich rufe dich wieder an, wenn ich nicht mehr so aufgeregt bin, mein Kind.» Claire legte den Hörer auf. «Na, wenigstens eine, die sich freut», sagte sie trocken.

Was liest du denn da, Kleine?»

«‹Lady Chatterley›, Mam», sagte Tertia.

O Gott, dachte Claire. Wie sich die Zeiten geändert haben. Aber vielleicht liegt der einzige Unterschied darin, daß ich mir so ein Buch heimlich von einer Freundin geliehen hätte. Und wenn meine Mutter gefragt hätte: ‹Was liest du denn da, Claire›, hätte ich es unter der Bettdecke versteckt und gesagt ‹Die kleinen Freundinnen›. Wohingegen Tertia zweifellos vergnügt in einen Buchladen gegangen ist und es gekauft hat.

«Gefällt es dir, Tertia?» Sie mußte sich Mühe geben zu fragen.

«Nicht sehr. Wenn es um Sex geht, ist es ziemlich schleppend. Blabla.»

Claire sagte: «Hast du was dagegen, wenn ich mich eine Minute zu dir setze? Ich möchte gern mit dir sprechen.»

«Nein, ’türlich nicht.» Tertia klopfte einladend auf die Bettdecke.

Claire nahm die Hand ihres kleinen Mädchens. Sie sagte: «Liebling, ich möchte, daß gerade du über das neue Baby nachdenkst.»

Tertia runzelte verbindlich die Stirn, um zu zeigen, daß sie nachdachte.

«Ich glaube, bis jetzt ist es nur ein bißchen Plasma in meinem Bauch.»

Tertia war beleidigt. «Guter Gott, Mam, das weiß ich doch alles. Der alte Gubbins, in Biologie...»

«Nein, meine Kleine, ich wollte dir sagen, daß Sextus viel mehr ist als das. Er ist bereits eine Persönlichkeit. Papa und ich haben ihm charakteristische Merkmale gegeben...»

Tertia nickte weise. «Durch eure Gene», antwortete sie prompt.

«Das stimmt, Kleine. Durch unsere Gene – das macht ihn einzigartig. Kein Mensch vor ihm war so wie Sextus. Und kein Mensch wird jemals ganz genauso sein wie Sextus.»

Tertia hoffte, daß Mutter bald aufhören würde. «Lady Chatterley» war schon recht langweilig, aber so ein Kindergeschwätz war es dann doch nicht. Aber ihre Mutter ließ sich nicht beirren: «Und dieses knorpelige kleine Etwas wird weiterwachsen, es wird sich entwickeln und lernen. Es wird ein Junge werden und rennen und Spiele spielen. Er wird ein junger Mann sein, der sich verliebt, heiratet und selber Kinder haben wird – deine Neffen und Nichten.»

Ein Gedanke durchfuhr Tertia.

«Vielleicht wird Sexy ein Mädchen.»

«Bitte, nenne ihn nicht Sexy. Wirklich sehr unpassend. Aber ein Mädchen wäre sogar noch viel wunderbarer», Claire redete unbeirrt weiter. «Eine Frau, die ihrem Mann mit all der Liebe und Zärtlichkeit zur Seite steht, die ihm Kinder schenkt...»

«Ich wette, bis dahin gibt es Gesetze gegen's Kinderkriegen», sagte Tertia.

«Tertia, mach dich nicht lächerlich.»

Zweifellos: Mutter war wütend. Tertia beobachtete sie mit außerordentlichem Interesse. Sie schrieb nämlich ein Buch über «Seelische Störungen während der Schwangerschaft». Eine halbe Schulheftseite hatte sie schon mit ihren Erkenntnissen vollgeschrieben. Mit ein bißchen Ermunterung könnte Mutter jetzt ein paar Betrachtungen für den Rest der Seite beisteuern. Tertia sagte erklärend: «Aber Mam, es dreht sich nicht nur um den Platz.

Auch die Ernährung wird knapp werden. Miß Thompson sagt...»

«Mir ist vollkommen gleich, was Miß Thompson sagt», schrie Claire und stürzte aus dem Zimmer.

Tertia schüttelte den Kopf. Das war ganz und gar nicht ihre ruhige, gelassene Mutter. Aber ähnliche Verwirrungen waren ihr schon aufgefallen, als Henry unterwegs war. Sie hopste aus dem Bett, suchte ihr Heft und schrieb ihre klinischen Notizen nieder.

Als Architekt arbeitete Charles Limmerick in der Stadt. Aber in der Stadt konnte er nicht leben. Für ihn gab es nur eine Möglichkeit, immer wieder zu sich selbst zu finden: Er mußte zwischen Bäumen sein, den Wind auf seinem Gesicht spüren und seine Füße fest auf die Erde setzen können.

Kurz nachdem die Zwillinge Edward und Rose geboren waren, hatte er im Windschatten eines Hügels ein schmalbrüstiges Haus aus rotem Ziegelstein gefunden, das zu kaufen war. Es lag am

Rande des Dorfes, in dem seine Mutter wohnte, und war groß, häßlich und billig. Aufgeregt hatte er Claire mitgebracht. Dann hatten sie es gekauft. Es war so häßlich und unbequem, wie es nur ein Baumeister um 1880 ersinnen konnte. Aber sie liebten es. Es gelang ihnen auch nicht, es richtig bequem zu machen. Dafür verdiente Charles zuwenig. Aber wenn er aus der Haustür trat, war er in der Natur, die er liebte. Und für Claire wurde das Haus das geliebte Heim.

Es war ein frischer, sonniger Sonntag. Die ganze Familie machte einen Spaziergang durch die Hügel. Tertia holperte fröhlich mit Henrys Sportwagen über die Steine.

Claire Limmerick hatte die Hände in den Taschen ihres Kamelhaarmantels vergraben, ihr Kopftuch flatterte im Wind, auf ihrem Gesicht lag ein Lächeln. Charles, breitschultrig und kräftig, ging mit langen Schritten gelassen den Hügel hinauf, Catherine, still und in sich gekehrt, schmachtete nach ihrer verlorenen Liebe. Claire hatte Mitleid mit ihr. Sie versuchte, ihre Älteste zu verstehen, und tat ihr möglichstes, um sich an die Seelenqualen ihrer eigenen ersten Liebe zu erinnern. Aber das war nicht so einfach. Catherines treuloser Knabe war ein magerer, schmuddeliger Junge mit Pickeln und einem schütteren Bart; ein Junge ohne jeden Anflug von Charme, bar aller Manieren. Claire betrachtete ihre Tochter. Catherine war stolz und aufrecht, und sie gehörte zu einer Generation, die Tausende von Jahren entfernt war von der ihrer Mutter. Claire würde niemals erfahren, was sie dachte. Und selbst wenn sie es wüßte, könnte sie es niemals verstehen. Ein schönes Menschenkind wie Catherine sehnte sich nach einem kleinen Trottel wie Norman.

Claire holte sie ein und schob ihre Hand unter den Arm ihrer Tochter. «Du bist doch nicht auch gegen mich wegen des Babys, Liebes?» Catherine lächelte und streichelte die Hand ihrer Mutter. «Aber gewiß nicht, Mam.» Sie gingen weiter. Ihr Gesicht wurde noch ernster. Sie runzelte die Stirn. «Im Büro wird es schon schwieriger für mich werden. Ich meine...» Sie stockte.

«Ich meine – ich habe eine gewisse Autorität als Vaters Sekretärin. Und – nun, es ist doch so: Wie kann ich die Mädchen im Büro über die Gefahren von Sex und all dem aufklären, wenn die eigene Mutter…»

«Ich verstehe», sagte Claire und zog ihre Hand zurück. Sie ging schneller, bis sie an Charles' Seite war. Der Wind heulte in den Bäumen. Die trockenen Blätter raschelten unter ihren Füßen. Nichts machte sie froh. Sie sagte: «Allmählich komme ich mir wie eine durch und durch unmoralische Frau vor. Ich vermute, meine eigene Tochter schämt sich meiner.» Er grinste. «Warte nur, bis du es deiner Mutter sagst.»

Bitte parke den Kinderwagen nicht im Steinklee. Es hat geregnet.»

«Entschuldige. – Mutter?»

«Ja, Claire?»

Claire ließ den Kopf hängen. «Wir bevölkern die Erde mal wieder, Mutter.»

«Ich habe mich schon gefragt, wann du es mir sagen würdest. Ich habe gehört, daß du vorhast, mir im ganzen fünfzehn Enkelkinder zu bescheren.»

Sie atmete tief. So hätte man als gut erzogener Mensch den Laut bezeichnet, den sie von sich gab. «Ich kann nur dankbar sein, daß deine Schwester Ann etwas mehr Zurückhaltung zeigt.»

Claire war die Freundlichkeit selbst: «Paß auf, du wütender alter Egoist...»

«Vielleicht bin ich ein wütender Egoist. Aber alt bin ich nicht.»

«Also dann: Egoist», sagte Claire trotzig. «Ist dir eigentlich klar, daß du bis jetzt noch nicht begriffen hast, daß es Charles' Kinder sind, die ich zur Welt bringe? Bisher scheint es dir immer nur so, als ob ich nichts anderes zu tun hätte, als dir allein Enkelkinder zu schenken. Und noch etwas» – das Gespräch fing an, ihr Spaß zu machen –, «ob wir fünf oder fünfzehn oder fünfundzwanzig haben, geht dich gar nichts an, und unsere Kinder und Miß Thompson ebensowenig. Und ich wäre sehr dankbar, wenn ihr euch alle um eure eigenen Angelegenheiten kümmern würdet. Komm, Henry!»

Und sie schob den Kinderwagen direkt durch den Steinklee. «Wer hat es dir gesagt?» rief sie zurück.

«Tertia.»

«Na, der werde ich es geben.» Sie marschierte nach Hause.

«Kinder!» rief sie in einem Ton, daß sie alle gerannt kamen, sogar ihr Mann. «Kinder», sagte sie, «wer in den nächsten acht Monaten von diesem Baby als statistischer Zahl, Prozentsatz, sozialem Problem oder Bedrohung der Umwelt spricht und es als irgend etwas anderes ansieht als ein Menschenkind, das zu uns, zu eurem Vater und zu mir gehört, der wird es mit mir zu tun bekommen. Tertia, was schreibst du da?»

«Nichts, Mami.»

«Laß mich mal sehen.» Mit königlicher Gebärde streckte sie die Hand aus.

«Seelische Störungen während der Schwangerschaft», von Dr. med. Tertia Limmerick.

«Wie kannst du nur?» schrie sie auf.

«Aber Mam, das ist alles hochinteressant», sagte Tertia. «Ich meine...»

«Schon gut, schon gut.» Claire war erschöpft. «Macht, daß ihr rauskommt!»

Sie schoben sich hinaus, alle außer Charles. «Wirst du es lesen?» fragte er.

«Liebling, ich trau mich nicht. Ich könnte vielleicht einiges daraus lernen, was ich mir mein Leben lang vorwerfen müßte.»

Er dachte nach. «Weißt du», sagte er, «sie machen sich Gedanken, und sie nehmen es ernst. Sie engagieren sich viel stärker, als wir es je getan haben.»

«Und sie haben den Mut zu sagen, was sie denken», sagte Claire kläglich.

Nach einer Weile: «Charles?»

«Ja, Liebes?»

«Ich glaube, wir sollten unseren ersten Voranschlag überprüfen. Ich kann mir nicht vorstellen, daß die Kinder bei fünfzehn mitmachen. Wir würden eine Meuterei heraufbeschwören.»

«Soll mir recht sein», sagte er erleichtert. Er dachte nach. «Außerdem – wenn keiner von uns mehr Platz zum Sitzen hätte, würden sie die ganze Verantwortung uns zuschieben.»

II

Tertia Limmerick pflegte allen Leuten zu erzählen, daß ihre Eltern sie nur deshalb Tertia nannten, weil sie eigentlich damit gerechnet hatten, sie würde einer von drei Drillingen werden. Una, Secundus und Tertia sollten sie heißen. Ihre Eltern aber sagten: Unsinn, dein richtiger Name ist Elisabeth, du wirst einfach deshalb Tertia genannt, weil du am dritten Tag im dritten Monat des Jahres geboren bist, was dich wirklich zu einer Dritten hoch drei macht.

Am dritten Tag im März dieses Jahres war Claire Limmerick am Ende ihrer Kräfte, die kleine Rose erlebte den Weltuntergang, und die Loreley ging im Schnee verloren. Tertia bekam einen Kuchen mit zwölf Kerzen, dazu einen neuen Schlitten von Oma Limmerick, Bücher von Mutter und Vater, einen Hockeyschläger von Catherine, Gummibärchen von Rose und Henry und eine Aufnahme der Matthäus-Passion von Großmutter Verity, der Mutter ihrer Mutter.

Und Schnee! Das schönste, ausgefallenste Geschenk von allen. Eine ganz kleine Welt, bedeckt mit knirschendem, weichem, eiskaltem Zucker.

Es hatte die ganze Nacht geschneit. Als die kleine Rose aufwachte, sah sie Tageslicht durch die Vorhänge schimmern. Sie horchte. Von draußen kam kein Laut. Kein Spatz schwatzte in der Dachrinne. Rose wußte genau, was passiert war.

Ihr erster Gedanke galt ihrem kleinen Bruder Henry. Sie tappte zu seinem Bett und schlüpfte hinein. «Das Ende der Welt ist gekommen, Henry», verkündete sie in feierlichem Ton. Henry klang enttäuscht: «Gibt es dann etwa keine Geburtstagsfeier für Tertia?»

«Wahrscheinlich nicht», sagte Rose, «fragen wir mal Mami.» Hand in Hand schlichen sie ins Zimmer ihrer Eltern und krochen zu ihrer schlafenden Mutter ins Bett. Henry legte seinen kalten Fuß auf ihren Bauch. Er hatte herausgefunden, daß das die wirksamste Methode war, einen Menschen aufzuwecken.

Es kann doch noch nicht Morgen sein,

dachte Claire verzweifelt. Sextus – das Kind, das erst in ein paar Wochen geboren werden sollte – hatte ihr eine ungemütliche Nacht bereitet. Sie brauchte einfach Schlaf. Statt dessen mußte sie jetzt aufstehen und sich um tausend Dinge für Tertias Geburtstagsfeier kümmern. Man sollte schwangeren Frauen jeden Tag das Frühstück ans Bett bringen, dachte sie, und nicht vor zehn! Rose sagte mit verschreckter Stimme: «Mami, das Ende der Welt ist gekommen.»

Das würde manches Problem lösen, dachte Claire und drückte ihre Tochter fest an sich. Laut aber sagte sie: «Ich glaube, daß es noch nicht soweit ist, Liebes.» Henry sah enttäuscht aus. Claire weckte ihren Mann: «Charles, Liebling, willst du ihnen nicht eben klarmachen, daß die Welt noch nicht untergeht. Bitte!»

Murrend stand Charles auf und zog die Vorhänge zurück. «Großer Gott. Es hat geschneit. Schneit immer noch. Mindestens dreißig Zentimeter.»

«Winterschlaf – hier hast du mich!» brummelte Claire und verkroch sich unter der Bettdecke. Das hat mir gerade noch gefehlt, dachte sie, im achten Monat und die Straßen unpassierbar. Hoffentlich will der kleine Sextus nicht ausgerechnet bei diesem Wetter auf die Welt kommen. Sie konnte sich nicht vorstellen, daß Charles mit Schere und Nabelschnur besonders geschickt umgehen konnte.

Charles meinte: «Es ist nur gut, daß meine Mutter gestern schon hergekommen ist. Sie – Claire, wo bist du denn?»

«Hier», sie tauchte aus ihren Decken auf, grinste und rückte näher neben ihn. «Ich kann mir nicht denken, daß meine Mutter durch diese Schneewüste stapft.»

Charles schwieg. Sie sah ihn an – und fand, daß er ausgesprochen blöde vor sich hinglotzte. Sie wartete. Sie kannte ihren Charles. Er räusperte sich. Dann sagte er so lässig, daß kein Mensch darauf hereinfallen konnte: «Übrigens, Claire, hat Catherine dir erzählt, daß Greta Brown zu Tertias Geburtstagsfeier kommt?»

«Nein!» sagte sie eisig. «Wie nett! Das ist doch die Blonde, die Catherine die Loreley vom Sekretariat nennt.»

Er antwortete: «Ich glaube, sie nennen sie nur Loreley, weil sie im Kirchenchor singt.» Claire schenkte ihrem Mann einen vernichtenden Blick. «Ich finde es wirklich reizend, daß wenigstens einer von euch mir das sagt. Ich kann dann wenigstens noch ein Gedeck auflegen.»

Charles versuchte zu erklären: «Du weißt doch, sie hat Tertia kennengelernt. Und als sie hörte, daß sie Geburtstag hat, wollte sie so gern...»

Claire war verstummt. So ein Pech, dachte Charles, jetzt sitze ich in der Tinte. Und ausgerechnet wegen Greta Brown! Dabei ist sie wirklich so ein hilfsbereites Mädchen; sie ist nie sauer, wenn sie Überstunden machen muß, immer zaubert sie einen Kaffee her und hilft einem in den Mantel, ein nettes, frisches, sportliches Mädchen. Ich wünschte, es gäbe mehr davon im Büro.

Catherine lag unter einem Chaos von Bettzeug. Nur ein Wirrwarr von blondem Haar war zu sehen. «Komm schon, Faulpelz!» sagte Claire.

Catherine rührte sich nicht. «Steh auf, Mädchen!» bettelte Claire, und allmählich fing sie an, Mitleid mit sich zu haben. Schließlich war sie diejenige, die ins Bett gehörte.

Catherine stützte sich auf den Ellbogen. «Ach, Mutter, ist Liebe nicht fürchterlich?» Sie strich sich das Haar aus dem leidgeprüften Teenagergesicht und rückte zur Seite, damit ihre Mutter sich zu ihr aufs Bett setzen konnte. «Sag mir bloß, was ich in dieser Geschichte mit Norman tun soll?»

«Tut mir leid, Liebling. Ich muß ein Geburtstagsfest vorbereiteten.» Sie schob die Vorhänge beiseite. «Dicker Schnee. Ich kann mir kaum vorstellen, daß irgend jemand durchkommt.»

«Wer soll denn kommen?»

«Großmutter Verity, Onkel Jack und Tante Ann. Aber auf die können wir uns verlassen. Deine Freundin Greta.»

«Ach ja, die alte Loreley.»

Claire starrte weiter in den Schnee. Dann sagte sie: «Wie ist sie denn?»

«Wer? Die alte Loreley?» Catherine

seufzte. «Ach, sie ist ganz in Ordnung. Nur ein bißchem merkwürdig. Sie schwärmt für alte Männer. Ich glaube, deshalb gefällt ihr auch Vati so gut.»

Sieben Uhr dreißig an einem kalten, verschneiten Morgen; im achten Monat schwanger, ein Geburtstagsfest vorzubereiten und durchzustehen; und nun auch noch das. Sie ging zurück ins Schlafzimmer. Charles hatte den elektrischen Rasierapparat eingeschaltet. Ihre Stimme klang leichter, als ihr ums Herz war.

«Du hast mir nicht gesagt, daß Loreley für dich schwärmt.»

«Hm? Was meinst du, altes Mädchen?»

«Die Loreley schwärmt für dich!» Sie mußte laut brüllen, um sich neben dem Geräusch des Rasierapparates verständlich zu machen.

Er stellte den Apparat mit übertriebener Geduld wieder ab, drehte sich um und sah sie fragend an. Dann sagte er: «Tut mir leid, Claire, ich kann dich nicht hören, wenn das Ding läuft.» Claire verstand es allerdings so: «Ich dachte eigentlich, daß du nach zwanzig Jahren begriffen haben müßtest, daß ich kein Wort verstehen kann, wenn ich mich rasiere.»

Jetzt reichte es ihr. «Hör auf, mich wie ein idiotisches Kind zu behandeln», schrie sie. Und ging hinunter, um den Tag erst richtig zu beginnen.

Tertia kam zum Frühstück herunter – und erstarrte vor Entzücken. Da stand er: ein knallroter Rodelschlitten, die Kufen poliert und glänzend. Sie las den Zettel, der daran hing: «Für meinen kleinen Liebling Tertia. Von Deiner Dich liebenden Oma Limmerick.» Die Großmutter stand dabei und sah ihr zu. Ihr Gesicht strahlte, die Augen waren feucht.

Tertia konnte es nicht ausstehen, Oma Limmerick zu küssen. Die alte Dame machte immer so eine Schau daraus. Aber um ihre Dankbarkeit für das fabelhafte Geschenk zu beweisen, hätte das freundliche Kind jedes Opfer gebracht. Sie stellte sich auf die Zehen und legte ihre Arme um Omas Hals. «Vielen, vielen Dank, Oma.»

«Ach, du kleines Goldstück», weinte Mrs. Limmerick und schluchzte hemmungslos. Sie umschlang ihre Enkelin wie die See-Anemone einen Köder.

Tertias zweite Großmutter, Mrs. Helen Verity, nahm ihr Kätzchen hoch, damit es sehen konnte, wie die Flocken fielen. «Siehst du, Volumnia, wie sich doch alles zum Guten fügt. Hätte uns die Vorsehung nicht diesen dicken Schnee geschickt, müßte ich jetzt zu einem Kindergeburtstag.»

Sie erschauerte und sah sich um: Das Zimmer war gemütlich, der Sessel stand am Feuer, das Teegeschirr auf einem kleinen Tisch, der Kessel summte. Ein ruhiger Tee mit Volumnia, ein langer Abend mit ihren Büchern und dem Fernsehen – gab es mehr, was ein Mensch erwarten konnte? Es war einfach himmlisch. Besonders wenn sie daran dachte, was ihr eigentlich gedroht hatte.

Nanu? Da war doch jemand an der Tür? An einem Tag wie heute, bei dreißig Zentimeter Schnee und ein paar verschlafenen Flocken, die noch von einem müden Himmel rieselten?

Sie ging zur Tür und öffnete.

«Ich bin gekommen, um dich zu meiner Geburtstagsfeier abzuholen», sagte Tertia stolz.

Mrs. Verity starrte in Tertias putziges, freundliches Gesicht, das unter einer gestrickten Wollmütze mit einer roten Bommel vor Kälte glänzte. Und hinter ihr hockten auf einem brandneuen Schlitten, eingepackt wie Eskimos, der Atem dampfend wie bei einer alten Eisenbahnlokomotive, Rose und Henry.

Mrs. Verity hörte nicht auf zu starren. «Auf – auf dem da?» Sie schnappte nach Luft.

«Er ist riesig bequem», versicherte Tertia. Mrs. Verity nahm sich zusammen. «Mein liebes Kind, du meinst doch nicht etwa, daß ich mir erlauben würde, mich auf so einem Ding durch den Ort ziehen zu lassen?»

Sie hatte genau Tertias wunden Punkt getroffen. «Ja, weißt du», gab Tertia zu, «ich hab mir auch schon gedacht, daß du vielleicht beim Ziehen ein bißchen helfen müßtest, Großmutter. Ich habe sie zwar hergebracht, aber...» Sie zuckte die Achseln. «Mit deinem Gewicht noch dazu...»

Wenn es etwas gab, worauf Mrs. Verity noch stolzer war als auf ihr jugendliches Aussehen, so war es ihre schlanke Figur. Sie sagte: «Es tut mir so leid, Kleine, aber ich möchte mich bei diesem Wetter lieber nicht hinauswagen.»

Tertia sah verstört aus: «Da wären wir aber alle sehr traurig – außer Oma Limmerick», sagte sie.

Mrs. Verity zügelte sich: «Wieso außer Oma Limmerick?»

«Ich glaube, sie kann dich nicht so gut leiden», sagte Tertia bescheiden.

«Ich hole nur eben meine Pelzstiefel», sagte Mrs. Verity. Sie würde schon dafür sorgen, daß die Mutter von Charles nicht Hahn im Korb ist. «Ihr geht schon vor und sagt Mami, daß ich komme.»

Tertia sah sie zweifelnd an. Sie fühlte sich verantwortlich für einen Menschen, der so alt war wie Großmutter Verity. «Bist du sicher, daß du es allein schaffen kannst? Oma Limmerick sagt, das ist kein Wetter für alte Leute.»

Mrs. Verity antwortete mit erschreckender Stimme: «In deinen Augen bin ich vielleicht alt, Kind. Aber mit 59 bin ich noch nicht vollkommen hinfällig. Selbst bei Schnee komme ich die paar hundert Meter mit eigener Kraft voran.»

«Wenn du ganz sicher bist», Tertias Zweifel war noch nicht ganz überwunden.

«Ich bin ganz sicher!» sagte Mrs. Verity und betonte jede einzelne Silbe.

Jetzt wagte selbst Tertia nichts mehr einzuwenden. Sie nahm das Schlittenseil über die Schulter, zog kräftig und machte sich auf den Weg. Aber sie war beunruhigt. Wenn die alte Dame in den Schnee fiel, müßte sie vielleicht tagelang hilflos liegenbleiben.

Mrs. Verity zog ihre Pelzstiefel an. Sie setzte auch ihren Pelzhut auf und schminkte sich. Es dauerte eine Ewigkeit. Aber auch wenn sie sich durch Schnee kämpfen und die Schrecken eines Familienfestes ertragen mußte – zurechtgemacht wollte sie sein. Ohne Make-up wäre sie sich nackt vorgekommen.

Tertia sagte zu Hause besorgt: «Großmutter Verity braucht aber lange. Sie wollte nur ihre Pelzstiefel anziehen.»

Mrs. Limmerick wiegte sich behaglich hin und her. «Bei uns alten Omas dauert alles immer länger, Schatz. Wir haben nicht so flinke kleine Finger wie ihr, weißt du. Und unsere alten Knochen werden steif.»

Henry betrachtete Oma Limmerick voller Interesse. Er war äußerst überrascht zu erfahren, daß sie Knochen hatte. Oma Limmerick hatte eher das Äußere eines Federbettes. Sie sah auch genauso weich und behaglich und gutmütig aus. Nein. Er beschloß, daß das mit ihren Knochen ein Irrtum sein mußtc. Es war nichts als reines Interesse, als er auf ihren Schoß kletterte, um zu ergründen, ob er welche spüren konnte.

Er entdeckte zu spät, daß er einen Fehler gemacht hatte. Oma Limmerick, die puren Entdeckergeist als Ausdruck liebevoller Zuneigung mißverstanden hatte, preßte ihn an ihren Federkissenbusen und bedeckte ihn mit Küssen. «Ach, der kleine

Liebling. Der kleine, kleine Liebling», rief sie entzückt. Henry kämpfte verzweifelt um einen Fluchtweg. Vergeblich. Ihm war, als ob er von Flugsand verschlungen würde.

Und Claire dachte: Arme Schwiegermutter! Sie gibt sich so große Mühe, überschüttet unsere Kinder mit Liebe und Geschenken, und sie mögen sie eigentlich gar nicht so recht. Meine Mutter dagegen behandelt die Kleinen wie Staub unter den Rädern ihrer Staatskarosse, und von ihr sind sie hingerissen. Aber die praktische Seite ihres Verstandes war mit anderen Dingen beschäftigt. Sie hätte nie erwartet, daß ihre Mutter heute auftauchen würde. Sie hatte nicht einmal ein Gedeck für sie aufgelegt. Aber das war kein Problem. Mutter konnte an dem Platz von Loreley sitzen. Denn eines war sicher: Diese Loreley würde sich bei diesem Wetter bestimmt nicht auf eine Fahrt von fünfzehn Kilometern machen.

Als Mrs. Verity durch den Schnee stapfte, sah sie ein kleines Menschlein entgegenkommen, das einen leeren Schlitten hinter sich herzog.

Tertia sah beim Anblick ihrer Oma sehr erleichtert aus. «Ich habe mir gedacht, ich komme einfach und sehe nach, ob du in eine Schneewehe oder sonst etwas gefallen bist», erklärte sie und paßte sich Großmutters Schritt an. «Du bist so lange weggeblieben.»

«Ich danke dir herzlich», sagte Mrs. Verity. Es kam Tertia so vor, als habe das nicht schrecklich freundlich geklungen, aber sie entschied, daß Großmutters Lippen steif vor Kälte waren. «Ich habe den Schlitten mitgebracht, falls du einen Unfall gehabt hättest.»

Mrs. Verity sagte: «Du mußt dir darüber klarwerden, daß eine Dame nicht so aus dem Haus gehen kann. Sie braucht Zeit, bis sie fertig ist.»

«Das ist genau das, was Oma Limmerick sagt», stimmte Tertia zu. «Sie sagt, in deinem Alter kannst du nicht so schnell machen, weil die Finger steif werden.»

Mrs. Verity wurde ganz still. Tertia hielt es für Erschöpfung.

Der Tag begann sich zu neigen. Die Winterdämmerung hüllte die Hügel ein. Eine kalte und unerbittliche Nacht näherte sich der düsteren Erde. Mrs. Verity und Tertia trotteten wie der gute König Wenzel und sein Page in Richtung «Weltende», dem großen, finsteren Haus der Limmericks, das am Rande des kleinen Ortes stand.

Aber drinnen in «Weltende» war alles Wärme und Licht. Der Tisch war gedeckt. Kuchen, Obst, Würstchen in Blätterteig, Kekse und die Geburtstagstorte als Krönung des Ganzen. Der kleine Henry hockte schon auf seinem Kinderstuhl und wartete auf den Startschuß.

Claire, etwas müde, aber Herr der Lage, eilte aus der Küche ins Wohnzimmer und zurück, sprach mit Rose, lachte mit Henry. Als Charles sie beobachtete, fühlte er plötzlich eine tiefe Rührung in sich aufsteigen. Wie selbstverständlich sie doch für uns sind, unsere Frauen, dachte er. Zum Beispiel hier meine Claire: Jeden macht sie glücklich und damit sich selber so müde, daß sie nur noch ein Schatten ihrer selbst ist. Und das alles, weil Tertias Geburtstag ein denkwürdiges Fest werden soll.

Geschäftig kam Claire mit der Torte hereingelaufen. Charles stand auf. Er stellte sich hinter sie, als sie den Kuchen auf dem Tisch absetzte. Er küßte ihr weiches, goldenes Haar: «Claire, mein Liebes, man müßte dich mit Rubinen aufwiegen», sagte er.

Sie drehte sich um und sah ihn freudig überrascht an. Seine Augen und seine Stimme waren voller Gefühl.

«Ach, Charles, du bist wirklich süß», sagte sie geistesabwesend und rannte zurück in die Küchc.

Die Haustür sprang auf. Schneeflocken wehten in den Flur, gefolgt von Helen Verity und Tertia.

Sie kamen ins Zimmer. «Nun seht bloß mal, wer da kommt», rief Oma Limmerick. «Omi Verity! Also das nenne ich Mut, Kinder, bei ihrem Alter noch aus dem Haus zu gehen.» Zu Helen Verity sagte sie verschwörerisch: «Aber ich glaube, daß keine ht der Welt dich heute, an diesem Tag Tage, von deinen Enkeln fernhalten nnte, nicht wahr, meine Liebe?»

«Nichts auf der Welt!» sagte Helen Verity frostig und dachte sehnsüchtig an ihr stilles, vom Kaminfeuer erhelltes Zimmer, an ihre Bücher und an ihre Katze Volumnia.

Oma Limmerick erhob sich und ging zum Tisch. «Nun», fragte sie hoffnungsvoll, «wer von euch wird sich neben eure alte Oma setzen?» Niemand hörte ihr zu. Sie waren alle damit beschäftigt, sich den Platz neben Großmutter Verity zu erobern, die im Kommandoton befahl: «Henry, Kleiner, geh und bitte Mami, daß sie dir erst die Hände wäscht, bevor du dich neben mich setzt. Rose, Tertia, ihr leistet Oma Limmerick Gesellschaft und setzt euch neben sie.»

Mrs. Limmerick sprach im Ton edler Entsagung: «Bemüh dich doch nicht, Omi. An einem Geburtstag kann jeder sitzen, wo er will, nicht wahr?»

Mrs. Verity warf ihr einen unheilschwangeren Blick zu. Rose und Tertia kämpften beide um den Stuhl zur Rechten von Großmutter Verity. Dabei stießen sie im Eifer des Gefechts ihre Schienbeine an – Rose fing an zu weinen. Die liebenswürdige Tertia wurde stocksauer. Schließlich war es doch ihr Geburtstag. Henry, mit fabelhaft gewaschenen Händen, stieß seine Tasse Milch über Mrs. Veritys Teller. Erfreut und interessiert sah er zu, wie die Milch auf ihren Schoß kleckerte.

Claire hatte das Gefühl, der ganze Aufruhr spielte sich im Innern ihres Kopfes ab. Sie floh in die Küche. Am liebsten hätte sie mit den Fäusten auf den Tisch getrommelt. Aber ihre Mutter war ihr nachgekommen und sagte steif und mißbilligend: «Meinst du, daß ich ein feuchtes Tuch haben könnte, meine Liebe?»

Genau in diesem Augenblick klingelte das Telefon. Claire griff nach dem Hörer: «Hallo?»

«Würden Sie mir bitte Herrn Limmerick geben», sagte eine kühle weibliche Stimme.

Für wen hält sie mich eigentlich? dachte

Claire, für das Mädchen in der Telefonvermittlung?

«Eine Sekunde», sagte sie frostig. «Charles! Es ist für dich», sie schob ihm den Hörer in die Hand, sah ihn an, daß ihm das Blut erstarrte und ging ins Zimmer, um den Tee einzugießen.

«Würdest du mir bitte den Kuchen und die Schlagsahne herüberreichen, Liebe?» bat Oma Limmerick. Sie klatschte eine imponierende Portion auf einen Teller und schob ihn Helen Verity zu. «Ein bißchen für dich, liebe Omi?»

Mrs. Verity schauderte. Aber jetzt kam Charles herein und sagte: «Claire, das war Greta Brown. Ihr Wagen steht bei Stanton Moor und springt nicht mehr an. Sie – ich – sie ist in einer blöden Situation, das arme Mädchen.»

Claire sagte: «Ich weiß wirklich nicht, was wir dagegen tun könnten.»

Und eben hatte er noch gedacht, wie hilfsbereit und lieb sie war! Seine Stimme klang gekränkt: «Ich muß den Wagen nehmen. Sie steht in der Telefonzelle an der Hauptkreuzung.»

Beflissen schlug Tertia vor: «Wir könnten sie mit meinem Schlitten retten.»

Claire sagte: «Das Mädchen ist verrückt, wenn sie bei diesem Wetter auf den Straßen herumfährt.»

«Aber sie war doch auf dem Weg zu uns.» Er zog den Autoschlüssel aus der Hosentasche und ließ ihn am Anhänger um den Finger kreisen. «Ich muß einfach hinfahren, Claire.»

«Dabei bist du dir natürlich im klaren darüber, daß du Tertias Geburtstagsfeier sprengst, die mich eine Menge Zeit und Gedanken gekostet hat.»

«Ich verstehe dich nicht, Claire», schoß er zurück. Und stakste aus dem Zimmer.

Henry war der einzig Vernünftige. Er aß weiter. Rose war völlig verstört durch den Streit. Sie hatte das Gefühl, daß gleich Messer und Gabeln durch die Luft fliegen würden, und fing an, leise vor sich hinzuschluchzen. Aber Tertia war hingerissen. Sie hatte eine aufschlußreiche Studie über seelische Störungen während der Schwangerschaft gemacht. Nichts, was ihre Mutter tat, und war es noch so merkwürdig, konnte sie wirklich noch überraschen. Aber es war ihr neu, daß auch Väter anfällig dafür waren.

Oma Limmerick tat ihr Bestes, um die festliche Stimmung wiederherzustellen. «Also Kinder!» Sie fiel in einen zittrigen Sopran: «Happy birthday to you...»

Niemand sang mit. Alle betrachteten sie finster. Sie sang ihren Trauergesang ganz zu Ende. Solo.

Claire kam es vor, als würde dieser Nachmittag niemals enden. Oma Limmerick zündete die Kerzen an. Tertia blies sie aus. «Bravo!» rief Oma und klatschte in die Hände. Endlich hatte jemand mitgespielt.

Diese Frau hat ihre Berufung verfehlt, dachte Helen Verity grimmig, man sollte sie ein Ferienlager leiten lassen.

Claire wurde wütender und wütender, als sie die Millionen Tassen und Töpfe abwusch. Charles hatte genug Zeit gehabt, den Hügel hinaufzufahren, die gestrandete Loreley zu finden und sie zurückzubringen. Es sei denn – sie sah hinaus. Im

Mondlicht funkelte der Frost. Die Straßen waren gefährlich. Es war doch wirklich nicht richtig von ihm, einfach so loszufahren und sich den Gefahren der Straße und der Frauen auszusetzen. Und seine eigene Frau zu Tode aufzuregen. Und dazu noch an Tertias Geburtstag!

Die Scheinwerfer eines Autos glitten den Hügel herunter. Der Wagen fuhr durch das Tor. Sie rannte hinaus. Die Erleichterung verstärkte nur ihren Zorn.

Die Wagentüren wurden geöffnet. Ihre Schwester und ihr Schwager stiegen aus. «Ann!» rief sie. «Jack! Wie gräßlich von uns. Wir haben schon Tee getrunken.»

«Unsere Schuld. Die Straßen sind grauenhaft. Ach ja, wir haben noch zwei Fahrgäste mitgebracht.» Jack öffnete die hintere Wagentür. Ein Mädchen stieg aus, lief um den Wagen herum, machte die andere Tür auf und begann vorsichtig an etwas zu ziehen. Allmählich kam ein Mann zum Vorschein, der fürchterlich stöhnte.

«Charles!» rief Claire und eilte ihm zu Hilfe. «Charles, was ist passiert?»

«Ausgerutscht – Knöchel verknackst.» Er gab einen Schmerzensschrei von sich. «Ich sterbe.»

«O je, armer Mr. Limmerick», sagte das Mädchen, das ihn auf der anderen Seite stützte.

Claire fuhr sie an: «Was heißt hier armer Mr. Limmerick! Ich kenne Charles und weiß, was für ein Theater er macht, wenn er sich nur in den Finger piekt.»

Tertia kam mit ihrem Schlitten herbeigestürzt. «Wenn wir Papi hier raufbinden, können wir ihn direkt ins Krankenhaus bringen.»

«Er braucht kein Krankenhaus», sagte Claire bestimmt. «Das Ganze ist rein psychosomatisch.»

Charles stöhnte. Miß Brown sagte beißend: «Mrs. Limmerick, ich glaube, Sie sind nicht sehr mitfühlend. Und wenn Sie es mir gestatten, Ihre Diagnose ist Unsinn. Ein psychosomatisch verstauchter Knöchel ist ein Widerspruch in sich.»

Charles machte ein paar langsame und schmerzhafte Schritte. «Na gut», sagte Claire, «dann werde ich mich klarer ausdrücken. Er spielt den Bemitleidenswerten und denkt, wenn er sich erbarmungswürdig genug aufführt, höre ich auf, mich zu ärgern.»

Sie fühlte, wie jemand ihren Arm leicht berührte. Ihre Schwester Ann ging neben ihr. Sie flüsterte zwischen zusammengepreßten Lippen: «Ruhig Blut, Liebes. Stoße ihn nicht geradewegs in die Arme der anderen.»

Claire schwieg. Ann sagte: «Vergiß nicht, daß wir nicht nur Haushälterin, Köchin, Kammerdiener, Kindsmutter und Geliebte sind, sondern man erwartet auch von uns, daß wir in Sekundenschnelle die Flügel des Schutzengels über sie breiten.»

«Ich fühle mich nicht wie ein Schutzengel», sagte Claire verärgert.

«Es zahlt sich aus», sagte Ann. «Steck ihn ins Bett und sag ihm, daß du kein Auge zutun wirst, weil du dir soviel Sorgen um ihn machst. Erzähle ihm, wie mutig und edel er war, als er Miß Sowieso suchen ging – und er wird dein sein für ewig.»

«Niemals!» sagte Claire standhaft.

Als Claire ins Bett kam, war es Mitternacht. Sie zog sich aus und fiel erschöpft in die Kissen. Charles war noch wach. Es klang beleidigt, als er sagte: «Du hättest gar nichts dagegen gehabt, wenn Greta Brown die Nacht im Schnee verbracht hätte, nicht wahr, Claire?»

«Nicht das mindeste», sagte sie kühl.

Er verstummte. Dann sagte er: «Ich verstehe nicht, wie du so hart sein kannst.»

«Frauen sind harte Geschöpfe», antwortete sie, «hart wie Stahl, wenn die Familie bedroht wird.»

«Aber», stotterte er, «aber ...»

Die Tür ging auf. Zwei hilflose, verlorene kleine Gestalten in Nachthemden schoben sich ins Zimmer. Sie rieben sich die Augen. «Wir haben beide vom Weltuntergang geträumt», sagte Rose, «es war garstig.»

«Kommt her, ihr Süßen», sagte Claire. Sie streckte die Arme aus. Rose und Henry schlüpften in ihr Bett. Claire nahm sie liebevoll in die Arme. Da lag sie und flüsterte Zärtlichkeiten. Hart? dachte Charles. Er verstand gar nichts mehr.

Später fiel ihm sein Knöchel ein. Er stöhnte tief. Claire, die gerade eingeschlafen war, wachte müde auf. Rose und Henry bewegten sich neben ihr und murmelten im Traum vor sich hin.

Klein-Sextus schlug lebhaft mit beiden Füßen aus. Charles fragte sich laut, ob ein Aspirin wohl helfen würde. Claire tastete sich zum Medizinschrank und dachte: O Gott, ich glaube, meine Schwester hatte recht. Armer, alter Charles!

Sie gab ihm das Aspirin und ein Glas Wasser. Dann setzte sie sich auf seine Bettkante. «Liebling», begann sie mitleidig, «tut es wirklich weh?»

III

Im achten Monat», schrie Claire Limmerick auf, «im achten Monat – und du erwartest von mir, daß ich auf einem Podium sitzen soll, ein Augenschmaus für alle Leute. Oh, was bist du doch für ein unsensibler Mann!»

Charles Limmerick legte seinen Mittelfinger auf den Nasenrücken und schob die goldgeränderte Brille etwas höher. Sanftmütig sah er seine Frau an. «Es wird schon alles in Ordnung gehen», sagte er beruhigend. «Da ist doch noch der Tisch vor dir.»

Claire sagte: «Charles, ich werde nicht hingehen. Und es ist auch ganz sinnlos, wenn du mir vorhältst, daß es Tertias Schulkonzert ist und daß sie ein Violinsolo spielt und daß du als Vorsitzender des Elternbeirats das Orchester dirigieren wirst, und daß dein Bruder George der Direktor der Schule ist.» Jetzt habe ich ihm fünf Argumente auf einmal unter den Füßen weggezogen, dachte sie grimmig. Sie war ein bißchen außer Atem.

«Ich finde, daß Mami durchaus recht hat», sagte Catherine, «es wäre durch und durch unschicklich.»

Tertia sagte hitzig: «Es ist überhaupt nichts Unschickliches daran, wenn man Babies bekommt. Miß Gibson, unsere Biologielehrerin, sagt, das ist der natürlichste…»

Claire warf ein: «Außerdem geht es auch noch um die Kleinen. Es sei denn», sagte sie mit beißendem Spott, «es wäre in deinem Sinne, wenn ich mit Rose auf dem einen Knie und dem kleinen Henry auf dem anderen auf den Podium säße?»

«Deine Mutter wird sich um sie kümmern», meinte Charles und zerzauste sein unordentliches Haar noch mehr.

«Mutter? Du kennst doch ihre Ansichten über Enkelkinder. Sie würde lieber auf ein paar Pythonschlangen aufpassen.»

Charles sagte: «Wird schon nichts schiefgehen, altes Mädchen. Außerdem – George erwartet dich. Er wäre sehr gekränkt…»

Claire hatte das Gefühl, als ob sie jeden Augenblick losschreien müßte: «Wenn du mir noch ein einziges Mal sagst, daß schon nichts schiefgehen wird, dann werfe ich dir irgend etwas an den Kopf.»

Er blinzelte sie voll aufrichtiger Bestürzung an. «Claire, Liebes, was ist denn los? Habe ich irgend etwas gesagt?» Er war entsetzt. In Wirklichkeit saß doch er in der Klemme.

Bisher hatte Charles nie länger als vierundzwanzig Stunden in der Klemme gesessen. Claires Zorn war von jener Art, der sich auflöst wie Morgennebel in der Sonne. Aber diesmal hielt er tagelang an; und das bekümmerte ihn entsetzlich. Ein Lächeln von ihr, und er hätte vor Dankbarkeit in Gedanken wie ein Hund mit dem Schwanz gewedelt.

Aber das Lächeln kam nicht. Statt dessen, einen Tag vor dem Schulkonzert: «Es ist dir doch klar, daß ich nicht mitgehe, nicht wahr, Charles?»

Voller Erstaunen sah er sie an. «Daß du nicht gehst? Meine liebe Claire, du kannst nicht in letzter Minute einen Rückzieher machen.»

«Rückzieher machen?» rief Claire. «Ich

mache keinen Rückzieher. Ich habe dir vor einer Woche gesagt, daß ich nicht gehe.»

Er schüttelte den Kopf. «Du kannst uns jetzt nicht versetzen, altes Mädchen. Es ist nicht fair, die Kinder zu enttäuschen, Tertia...»

Sie stürzte aus dem Zimmer.

«O du lieber Himmel!» Seine Stimme war kläglich. Er würde sehr dankbar sein, wenn dies Baby endlich käme. Er konnte sich nicht helfen, aber irgendwie hatte er das Gefühl, daß sie sich später, nach der Schwangerschaft, all dieser Gefühlsausbrüche ein bißchen schämen würde.

Tertia, den Geigenkasten unterm Arm, betrachtete ihre Mutter wohlgefällig. «Donnerwetter, Mami, du siehst super aus.»

«Wirklich, Liebling?» Claire fühlte enorme Erleichterung aufsteigen. Sie hatte sich eher vorgestellt, daß sie gräßlich aussähe.

«Super!» Tertia schaute sie von Kopf bis Fuß an. «Die große Mutter Erde persönlich. Für die anderen Mädchen wird es nicht halb so spannend werden.»

Claire sagte mit schwindender Stimme: «Willst du damit andeuten – daß du es ihnen erzählt hast?»

«Natürlich! Und sie können es gar nicht erwarten, dich kennenzulernen. Ihre Mütter haben es alle schon vor Jahren aufgegeben.»

«Charles», fing Claire an, «ich kann nicht...»

«He, was soll das heißen, Claire. Ach, grundgütiger Himmel, es wird höchste Zeit, daß wir gehen, wenn wir die Kleinen noch zu deiner Mutter bringen wollen.»

Mrs. Verity – Claires Mutter – hatte den Buchara aufgerollt und das Meißner Porzellan ganz oben ins Regal gestellt. Mit der Miene eines Soldaten, der die Grenze seines Vaterlandes vor dem Feind verteidigen muß, erwartete sie jetzt die Ankunft ihrer Enkelkinder.

Sie kamen. Claire führte eine wachsame Rose und einen besorgniserregend eifrigen Henry herein.

«Hallo, meine Lieben», sagte Mrs. Verity.

Rose ließ den Kopf hängen. Aber Henry wandte sein Gesicht nach oben, um geküßt zu werden.

«Papi sagt, nur einen einzigen Tropfen auf den Wohnzimmerteppich, und ich bin draußen», unterrichtete er seine Großmutter leutselig.

«In der Tat.» Sie wandte sich ihrer Tochter zu und musterte sie streng von oben bis unten. «Nun, Claire, falls einer der kleinen Lieblinge noch irgendwelche Illusionen von Störchen haben sollte, wirst du sie ihm bald genug zerstreuen, nehme ich an.»

Nach kurzem Abschied fuhren sie zur Schule und parkten den Wagen. Tertias Freundinnen winkten Tertia zu und betrachteten Claire mit unverhohlenem und offenem Interesse. Dr. George Limmerick, der Direktor, kam herbeigeeilt. «Ach, da seid ihr ja, Charles, Claire. Also du wirst die verschiedenen Nummern ansagen, nicht wahr, Charles?»

Charles sagte: «Reg dich nicht auf, George.» Er schlug auf seine Jackentasche. «Hier habe ich die Liste mit den Soli. Du kannst dich auf mich verlassen.»

George hoffte sehr, daß er das konnte. Als ernsthafter Mann verdächtigte er beide, seinen Bruder und seine Schwägerin, der Unzuverlässigkeit.

Claire sagte zu Charles: «Na, wenigstens hat er mir nicht gesagt, daß ich aussehe wie die große Mutter Erde persönlich. Ich glaube, er hat es nicht einmal bemerkt.»

Sie gingen durch eine Tür und kamen auf ein Podium mit einem langen Tisch und Stühlen. Vor ihnen waren Reihe auf Reihe Mädchen, Jungen, Eltern und Lehrer.

Alle waren voll freudiger, erregter Erwartung. Als sie ihre Plätze einnahmen, flüsterte Claire Charles zu: «Ist dir klar, daß jedes Auge in diesem Raum auf meinen Bauch gerichtet ist?»

Direktor George Limmerick erhob sich. Er war ein bleicher, bekümmerter Mann, der aussah, als litte er an chronischen Verdauungsstörungen – was er auch tat, der arme Kerl. Kurz begrüßte er alle, setzte sich wieder hin und schob eine Pille in den Mund.

Während des Klatschens marschierte ein kleines Mädchen mit einem riesigen Blumenstrauß hinauf zum Tisch, an dem Claire saß. Aber Claire Limmerick bemerkte es gar nicht. Ihre ganze Aufmerksamkeit war auf den kleinen Sextus gerichtet (sie nannte ihr Ungeborenes immer Sextus. Sie war ganz sicher, daß ihr sechstes Kind ein Junge werden würde). Jetzt jedenfalls benahm sich Sextus höchst merkwürdig und beunruhigend.

«Paß doch auf, Mädchen», flüsterte George. Er sah seine Schwägerin an. Meilenweit entfernt. Er hatte immer schon das Gefühl gehabt, daß sie eine merkwürdige Frau war. «Claire», flüsterte er durchdringend und scharf.

«Oh! Ach! Ja», sagte Claire. Ein Blumenstrauß. Er mußte für sie sein. Du mußt aufstehen, dachte sie. Und dann: Kann ich noch? Es bleibt dir nichts anderes übrig. Du mußt! sagte sie sich mit Festigkeit. Sie stand auf. Irgendein Teil von Claires Gehirn brachte es sogar fertig, ihr Gesicht lächeln zu lassen. Ein anderer, viel größerer Teil ihres Gehirns fragte indessen voll schrecklicher Vorahnung: Was hat Klein Sextus in meinem Bauch bloß vor?

Charles, der leise vor sich hinzählte, ehe er loslegte, merkte überhaupt nichts. Denn jetzt war er dran. Er erhob sich, lächelte ins Publikum und zog die Liste mit den Solisten aus der Tasche. Sehr erleichtert schob er die Brille auf der Nase höher und sah auf die Liste.

Die Erleichterung wich. Er las: Ein großes Brot – ½ Lammschulter – 3 Pfund Rosenkohl – 5 Pfund Kartoffeln.

In seiner Panik nannte er das einzige Stück, an das er sich erinnern konnte: «Tertia Limmerick spielt nun das Menuett in G-Dur von Ludwig van Beethoven.» Dann setzte er sich hin, ohne den unheilvollen Blick zu bemerken, den ihm die Klavierbegleitung, Miß Thompson, zuwarf. Sie wühlte in den Noten.

Auf der Galerie war Tertia immer noch ganz Auge für ihre Mutter. «Ich muß schon sagen, Catherine, das sieht Mutter überhaupt nicht ähnlich. Sie hat ihr Stichwort verfehlt. Onkel George mußte sie anstoßen.»

Catherine gab keine Antwort. Tertia sah zu ihr hinüber – und was sie sah, ließ ihr Blut gefrieren. Catherine hielt Händchen mit dem jungen Physiklehrer. Und Tertia liebte, obwohl er es nicht ahnte, den jungen Physiklehrer bis zum Wahnsinn!

Zum erstenmal in ihrem jungen Leben spürte Tertia den scharfen und demütigenden Schmerz der Eifersucht. Meine eigene Schwester bändelt mit dem an, den ich liebe, dachte sie voller Bitterkeit. Sie fühlte sich gekränkt und verraten. Und mitten zwischen Kränkung und Verrat merkte sie plötzlich, daß ihr Vater auf dem Podium stand und sagte: «Tertia Limmerick spielt nun das Menuett in G...»

Aber sie hatte doch gar nicht das erste Solo! Sie war fünfte. Und sie war hier oben auf der Empore.

Oh, Papi! dachte sie liebevoll, aber ärgerlich. Er hat schon wieder alles durcheinandergebracht.

Ergeben, aber gutmütig nahm sie ihren Geigenkasten, schenkte ihrer Schwester einen bösen Blick, lief hinunter, marschierte durch die Halle hinauf auf das Podium und flüsterte ihrem Vater zu: «Was ist passiert? Hast du aus Versehen die Wäscheliste mitgebracht?»

«Nein, die Einkaufsliste.»

Tertia seufzte, klemmte sich die Geige unters Kinn und fing an zu spielen.

Die Verbindung von Ludwig van Beethoven und Tertia ließ das Haus nicht erbeben. Es gab etwas höflichen Applaus, unter dessen Schutz Charles zischelte: «Wer ist jetzt dran?»

«Erica Smith, Sologesang ‹Die Flügel der Taube›.»

Das Konzert ging weiter. Cello-Solo, Gesangs-Solo, Sopran-Solo. Claire saß da und machte sich Gedanken über Sextus. Und, wie es ihre Gewohnheit war, erfand sie aufregende Titelzeilen, wie sie in Zeitungen zu stehen pflegen.

«Mutter kommt beim Schulkonzert nieder.»

«Baby auf dem Podium geboren!»

Ein Gutes könnte es haben, dachte sie. Sextus würde ihnen die Show stehlen.

Catherine und der junge Physiklehrer, Michael Hart, waren beide im siebenten Himmel. Irgendwie hatten sich ihre Finger berührt, und – ganz merkwürdig – waren nicht mehr auseinandergekommen. Am Ende waren sie sogar zärtlich ineinander verschlungen. Die beiden hatten sich scheu angelächelt und dann hastig weggesehen. Was für Tertia die Welt einstürzen ließ, war für Catherine und ihren jungen Physiklehrer das Allerschönste auf dieser Welt.

Charles, dem Tertia vorsagte, kündigte weiter an, ganz Herr der Lage. Sein Bruder George wäre froh gewesen, wenn Claire ein bißchen mehr Interesse an dem Konzert gezeigt hätte. Sie gab sich nicht einmal die Mühe zu klatschen. Und als Charles angesagt hatte, daß Mary Green nun singen würde: «Denn uns ist ein Kind geboren», da hatte es sie sogar geschüttelt. Vielleicht mag sie Händel nicht.

Aber jetzt war die Zeit für das Orchester gekommen. Allgemeiner Aufruhr. Die Instrumentalisten gingen zu ihren Plätzen. Charles Limmerick bestieg das Dirigentenpult.

Der Direktor sagte zu Claire: «Ich glaube, wir hören besser, wenn wir uns hinunter in die erste Reihe setzen.»

«O ja, *bitte*», flehte Claire. Sie würde alles tun, wenn sie nur von diesem verdammten Podium herunterkäme. «Falls ich mich bewegen kann», murmelte sie besorgt.

«Was sagst du?»

«Nichts, George.»

Jetzt redet sie schon mit sich selbst, dachte der Direktor. Komische Frau! Sie stiegen hinunter und setzten sich in die erste Reihe.

«Wir spielen die ‹Peer-Gynt-Suite› von Edvard Grieg», kündigte Charles an und winkte mit dem Taktstock.

Das Schulorchester vergaß alles, was es während der Proben gelernt hatte, und griff die lyrische Schönheit des ersten Satzes mit löblichem, jedoch unangebrachtem Eifer an. Charles fragte sich, wie er wohl den Aufruhr der Instrumente glätten konnte. Er wußte, daß er die Stellung am Dirigentenpult sowohl der Tatsache zu verdanken hatte, daß er Vorsitzender des Elternbeirates war, als auch seiner Fähigkeit als Amateurmusiker. Er fühlte sich wie ein unerfahrener Reiter, dessen Pferd die Kandare zwischen die Zähne bekommen hatte.

Der erste Satz ging zu Ende und ließ Charles bleich und erschüttert zurück. Der zweite und dritte Satz gingen ruhiger vorüber. Sogar dem Schulorchester gelang es nicht, den Tod von Ase ein bißchen aufzumöbeln. Und jetzt sammelte Charles Kraft für den letzten Satz. Bitte anschnallen, Jungs, zum Start in die Halle des Bergkönigs, dachte er finster.

Da hörte er ein schwaches, durchdringendes Flüstern: «Charles!»

Er drehte sich um. Claire blickte ihn hilfesuchend an. Charles war nicht umsonst zwanzig Jahre mit Claire verheiratet. Er wußte, wenn sie so aussieht, dann bedeutete das, daß sie ihr Taschentuch verloren hat. Wie Bäume im Herbst die Blätter verlieren, so verlor Claire ihre Taschentücher. Darum hatte er neuerdings immer ein Extra-Taschentuch für sie dabei. Er drückte es ihr in die Hand, ging zum Dirigentenpult zurück und hob den Taktstock. Ein Klageruf folgte ihm: «Charles!»

Was ist denn los, Claire?» fragte ihr Schwager George Limmerick gereizt.

«Ich glaube, ich bekomme ein Baby», sagte sie.

«Gratuliere», sagte er kühl und wendete seine Aufmerksamkeit wieder der Musik zu.

Eine Hand zupfte an seinem Ärmel. Mißgelaunt drehte sich George um und sah seine Schwägerin an. Ihr hübsches Gesicht unter der Wolke von goldenem Haar war voller Jammer. «Ich meine nicht in ein paar Wochen, George, ich meine *jetzt.*»

Das Herz des Schuldirektors schlingerte plötzlich so, wie es für einen Mann über vierzig durchaus nicht mehr ratsam ist. Das war nicht die Situation, in die sich ein Junggeselle leicht hineinfinden konnte.

Er stand ganz leise auf. «Hier lang», flüsterte er.

Mit der Hand unter ihrem Ellbogen steuerte er sie auf Zehenspitzen durch eine Seitentür hinaus.

Charles, mit dem Rücken zum Publikum und den ersten Geigen drei Takte vor dem übrigen Orchester, merkte von alledem nichts. Er war aber auch der einzige Mensch in diesem Konzert, der nichts merkte. Alle Schüler hatten die Szene beobachtet und richtig verstanden, als sie ihren Direktor mit der schönen Mrs. Limmerick hinausschleichen sahen.

Die Mitglieder des Orchesters erreichten einer nach dem anderen das Finale.

Das Konzert war zu Ende. Tertia rannte zu ihrem Vater. «Papi, ist es nicht aufregend? Wo, meinst du, wird sie es kriegen?»

«Wer kriegt was wo?» fragte Charles. Sein Geist arbeitete noch im Viervierteltakt.

«Na, das Baby natürlich.»

«Was für ein Baby?»

Tertia war ihrem Vater gegenüber sehr nachsichtig. Von einem Menschen in seinem Alter konnte man keine schnelle Auffassungsgabe mehr erwarten. Geduldig erklärte sie: «Mami kriegt Sextus.»

«Oh, lieber Himmel», sagte Charles. «Wie...?» Er entdeckte seinen Bruder, der in die Halle zurückkam. «George! George! Was ist geschehen? Wo ist Claire?»

«Alles schon in Ordnung, Charles. Sie wird inzwischen in ihrer Klinik sein. Ich habe Miß Gibson mit ihr dorthin geschickt.»

Charles hielt nichts von Zornausbrüchen. Als zivilisiertes menschliches Wesen meinte er, darüber hinaus zu sein. Aber jetzt packte ihn die Wut. «Wie kannst du es wagen, George? Warum hat mir niemand etwas gesagt?»

George sagte kühl: «Es ist doch wohl offensichtlich, daß die ganze Sache diskret gehandhabt werden mußte.»

«So was!» Charles schenkte seinem Bruder einen wütenden Blick. «Tertia, du und deine Schwester, ihr findet doch allein nach Hause. Ich muß zu deiner Mutter.»

«Ich fahre sie heim, Charles», sagte George Limmerick geduldig. Aber Charles lief bereits mit Riesenschritten durch die Halle davon.

George wandte sich an Tertia: «Weißt du, wo deine Schwester ist?»

«Ich habe da gewisse Vorstellungen», antwortete Tertia – und flog zielsicher wie eine Biene in Richtung Physiksaal.

«Und das hier», erklärte der Physiklehrer Michael Hart, «ist meine neue Versuchsreihe.»

«Wirklich?» hauchte Catherine. Ehrfürchtig streichelte sie über die Reagenzgläser.

Dieses schöne Zusammensein wurde durch das Erscheinen von Tertia jäh unterbrochen. Es gab Zeiten, in denen Catherine ihre kleine Schwester nicht so liebte, wie sie es eigentlich hätte tun sollen. Noch schlimmer – es gab sogar Stunden, in denen sie Tertia am liebsten erwürgt hätte.

Dies war eine davon.

Tertia rief laut und außer Atem: «Cath, dein Babysitter hat angerufen. Deine Tochter Christine will nicht einschlafen.»

Catherine war nicht einmal in ihren besten Zeiten ein schneller Denker. Aber jetzt, schläfrig vom süßen Nektar der Liebe, konnte sie nur noch die Augen aufreißen und starren. Sie starrte, bis Direktor Limmerick geschäftigt ins Laboratorium geeilt kam und mürrisch sagte: «Komm schon, Catherine. Ich habe wirklich nicht viel Zeit.»

Catherine ging mit wie im Schlaf. Michael Hart sagte zu Tertia: «Aber sicherlich – deine Schwester – soll das heißen –?»

Tertia nickte besorgt.

«Aber –» Er war entsetzt. «Aber sie ist so jung. Und...» Er griff nach einem Strohhalm der Hoffnung. «Sie – trug doch keinen Ring, oder?»

Tertia schüttelte den Kopf. Sie sah viel weltweiser und verständnisvoller und trauriger aus, als ihre Jahre es zuließen. Sie folgte ihrer Schwester. Erst an der Tür drehte sie sich um und sah den verwirrten jungen Physiklehrer mit einem Blick an, in dem Liebe stand – oder stehen sollte –, Liebe, Hingabe und schwelende Leidenschaft.

Dann verwandelte sie sich wieder in eine Zwölfjährige und stürmte hinter ihrer Schwester her. Auch wenn es übertrieben gewesen wäre anzunehmen, daß Michael Hart ihr gehörte, so hatte sie doch das Gefühl, daß er zumindest nicht mehr länger einer anderen nachlief.

Catherine schmollte auf dem ganzen Nachhauseweg. Es war Tertias Idee, Rose und Henry gleich bei Großmutter Verity abzuholen.

Mrs. Verity war offenbar sehr erleichtert, die Großen zu sehen. Bis Tertia mit ihrem unfehlbaren Sinn für dramatische Effekte verkündete, daß ihre Mutter angefangen hatte, mitten im Konzert ein Baby zu bekommen. Und daß man sie in letzter Minute hinausgeschafft habe. Und daß sie nach ihrer, Tertias, Meinung, niemals rechtzeitig die Klinik erreicht haben konnte. «Miß Gibson hat wahrscheinlich Klein Sextus inzwischen in einem Bus-Warteraum abgenabelt», erklärte Tertia trocken und freute sich, daß ihr das Wort «abgenabelt» aus dem Biologieunterricht so schnell eingefallen war.

«Gott schütze meine Seele», jammerte Mrs. Verity und stürzte hinaus in Richtung Klinik. Das heißt, bevor sie hinausstürzte, zog sie noch die Lippen nach, legte etwas Lidschatten auf und tupfte eine Spur Parfüm hinters Ohr.

Charles schoß durch das Schultor. Arme, alte Claire! Allerdings, sie hatte sich selber in Gefahr begeben, als sie zu diesem Konzert ging. Aber sie hatte ja auf keinen Fall Tertias Auftritt versäumen wollen. Und er hatte nicht das Herz gehabt, sie daran zu hindern.

Claire lag da, sehr gerade und sehr still. Ihre Augen waren geschlossen. Sie atmete leicht. Ihr Anblick, wie sie so dalag, rührte ihn tief. Er ließ den Blick nicht von ihrem Gesicht, als er sich einen Stuhl an ihr Bett rückte. Sein Gesicht verwandelte sich in das zärtlichste Lächeln.

«Claire?» flüsterte er so sanft, daß es fast nur ein Seufzer war.

Sie öffnete die Augen, grinste, stützte sich auf einen Ellbogen. «Wie nett von dir zu kommen...» begann sie.

Es gab keinen Zweifel. Er hatte einen säuerlichen Ton herausgehört. Typisch Frau! dachte er und fühlte sich sehr gekränkt. Erst besteht sie darauf hinzugehen, und dann schiebt sie mir die Schuld zu, weil ich mitten in einem Stück bin, wenn sie mich braucht. Immerhin, meinte er, in solchen Stunden muß man ihnen manches nachsehen. Großzügig sagte er:

«War es sehr schlimm, mein Liebling? Wo ist er?»

«Wer, Charles?»

«Sextus.»

«Liebling, er ist nicht da. Ich war so sicher, als ich endlich hier war. Aber falscher Alarm. Man steckte mich ins Bett, gab mir eine Tasse Tee und sagte, ich soll mich entspannen, bis es irgend jemandem einfällt, mich abzuholen.»

«Du meinst, du kannst nach Hause?»

«Wenn es keine Mühe macht. Es sei denn, dir wäre es lieber, ich bliebe die nächsten Wochen hier. Es würde eine Fahrt ersparen.»

Sie begegneten Claires Mutter auf der Treppe der Klinik. Sie war äußerst überrascht, als sie die beiden erblickte. Aber sie erholte sich schnell.

«Nun, das hat ja nicht lange gedauert», sagte sie munter. «Und was haben wir jetzt vor? Zurück auf die Reisfelder, nicht wahr?»

Tertia erläuterte: «Miß Gibson sagt, daß Kinderkriegen für Väter eine schreckliche seelische und nervliche Belastung ist. Ich schlage vor, daß wir alle versuchen, so nett wie möglich zu ihm zu sein, wenn er heimkommt.»

Sie schob seinen Sessel vors Feuer. Klein-Henry und Rose knipsten die Leselampe an und legten die Zeitung auf die Armlehne. Catherine, die annahm, sie müsse nun die Last ihrer Mutter tragen, war wortlos in der Küche verschwunden.

Sie hörten den Wagen. Sie rannten hinaus und öffneten ihrem armen, entnervten Vater die Tür. Und entdeckten statt seiner ihre Mutter.

«Wo ist es?» fragte Henry mit cnttäuschter Stimme.

«Falscher Alarm, mein Lieber.» Sie lächelte und fuhr ihm durchs Haar.

Catherine kam aus der Küche. Auch sie starrte die Mutter an, dann warf sie sich in ihre Arme und brach in Tränen aus.

Claire verstand gar nichts. «Liebling, was ist denn?»

Catherine sagte sehr beschämt: «Ich –

ich dachte, ich muß mich um die Familie kümmern, während du fort bist. Und ich – dachte, ich werde es nicht schaffen.»

«Und außerdem habe ich mich wieder mal hoffnungslos verliebt», stellte sie kläglich fest. «Es ist – es ist schlimmer, als wenn man anfällig für Schnupfen ist.»

Charles kam herein, warf sich in seinen Sessel und goß sich ein Glas Whisky ein. «Lieber Himmel», seufzte er, «was für ein Nachmittag!»

«Es müssen schlimme Stunden für dich gewesen sein, mein Schatz», sagte Claire. «Aber man hat wenigstens für deine Bequemlichkeit gesorgt.»

Tertia erklärte stolz: «Das haben wir gemacht. Miß Gibson sagt, Kinderkriegen ist für Väter ein traumatisches Erlebnis.»

«Es kann auch für Mütter ein bißchen anstrengend sein», meinte Claire. «Also dann, was wollt ihr zum Tee?»

Charles schlürfte einen Whisky und begann mit der erfreulichen Beschäftigung, seine Pfeife zu stopfen. Gute, alte Claire, dachte er plötzlich belustigt, man kann ihr zutrauen, daß sie mit allem fertig wird!

Aber er hoffte doch sehr, daß sie nicht wieder darauf bestehen würde, zu einer öffentlichen Veranstaltung zu gehen, ehe das Baby auf der Welt war. Er konnte sich nicht vorstellen, das noch einmal durchzustehen.

IV

Der Terminkalender von Charles Limmerick zeigte für den 12. Mai folgende Einträge:

Raten bezahlen

15.30 Zahnarzt

Sextus fällig

Charles kämpfte sich mühsam durch ein graues Meer, das wie Sirup an ihm klebte. Unter Anspannung aller Kräfte – beinahe wäre seine Lunge geplatzt – erreichte er schließlich die Oberfläche und entdeckte einen Mann im weißen Kittel, der ihm etwas anbot, das wie rosa Gin aussah.

«Spülen», sagte der Mann.

Charles spülte. Der Mann ging und wusch sich die Hände. Er warf einen Blick zurück und sagte: «Meine Sprechstundenhilfe hat eine telefonische Nachricht für Sie aufgeschrieben, als Sie in der Narkose lagen.»

Mein Gott, dachte Charles. Ich kann noch nicht mal fünf Minuten bewußtlos sein, ohne daß jemand etwas von mir will.

Wahrscheinlich das Büro wegen der Pläne für die Fabrik von Grange. Er spülte weiter. «Wer war es denn?»

«Es war eine Dame. Ihren Namen hat sie nicht genannt. Sie sagte –» er blickte auf einen Notizblock – «richten Sie Mr. Limmerick herzliche Grüße aus und sagen Sie ihm, daß ‹Operation Sextus› angelaufen ist.»

«Großer Gott!» Charles sprang aus dem Sessel und drückte dem Zahnarzt das Glas in die Hand. «Ich muß fliegen. Sie... äh... haben Sie die Zähne?» fragte er unbestimmt und schoß aus dem Raum.

Seltsamer Kerl, dachte der Zahnarzt. Sicher war es eine verschlüsselte Botschaft gewesen. Hoffentlich bedeutete sie nicht Krieg!

Charles stürzte in sein Haus.

Es war kühl und ruhig, und die Fensterläden hielten die strahlende Nachmittagssonne fern.

Ein stilles, verdunkeltes Haus kann nach all dem Trubel und der Helle draußen sehr bedrohlich wirken.

«Ist jemand da?» rief Charles.

Henry, der dreijährige Knirps der Familie, erschien auf der Bildfläche. «Hast du die Zähne gekriegt, Daddy?»

«Nein. Er hat sie dabehalten. Wo ist deine Mutter?»

«Oben. Darf ich das blutende Loch sehen?»

«Jetzt nicht, Henry.» Er sauste nach oben.

Der Terminkalender von Catherine Limmerick zeigte für den 12. Mai nur einen einzigen Eintrag. Aber dieser eine Eintrag war mit einem blauen, einem grünen und außerdem noch mit einem knallroten Kringel versehen:

«Abendessen mit Rupert. 19.30 Uhr!»

Natürlich war Catherine auch vorher schon mal verliebt gewesen. Um die Wahrheit zu sagen, verliebte sie sich ungefähr alle sechs Wochen in einen anderen Jungen. Aber noch nie – so würde sie selbst beteuern – hatte sie so sehr geliebt, wie sie jetzt liebte.

Bereits um halb vier saß sie wie auf glühenden Kohlen. Von der Tatsache, daß

Sextus heute fällig war – daß ihre Mutter das sechste Kind erwartete –, ließ sie sich kaum beeindrucken. Die geliebte wuschelköpfige Mutter war in ihrem ganzen Leben noch kein einziges Mal pünktlich gewesen. Und Vater war zum Zahnarzt gegangen. Das bedeutete, daß er wahrscheinlich erst gegen fünf ins Büro zurückkommen und mit dem Briefediktieren anfangen würde. Wenn sie aber nicht spätestens um halb sechs das Büro verlassen konnte, hatte sie keine Chance mehr, um halb acht das Restaurant zum «Goldenen Fasan» zu erreichen – elegant frisiert und angezogen für ihren geliebten Rupert.

Viertel vor fünf. Sie dachte: Wenn er nicht bis fünf zurück ist, werde ich mich heimlich, still und leise aus dem Staub machen. Ich kann es einfach nicht riskieren, noch länger zu bleiben.

Um fünf vor fünf puderte sie sich die Nase. Sie zitterte vor Aufregung. Wenn er bloß noch fünf Minuten wegbliebe, wäre sie gerettet.

Eine Minute vor fünf. Sie ging langsam zur Tür, auf Zehenspitzen, sie wußte gar nicht weshalb. Als sie die Tür erreichte, klingelte das Telefon.

Sie wußte genau: Wenn sie jetzt nicht an den Apparat ging, kam jemand anders ins Zimmer; dann wäre sie gezwungen, sich mit Erklärungen aufzuhalten.

Sie nahm den Hörer ab und sagte sehr entschlossen: «Mr. Limmerick ist leider nicht mehr im Büro.»

«Natürlich bin ich nicht mehr im Büro», polterte die gereizte Stimme ihres Vaters. «Hör mal, Catherine, laß alles stehen und liegen und komm sofort nach Haus, ja?»

«Aber... aber warum?»

«Weil hier ein fürchterliches Tohuwabohu herrscht, Mädchen. Deine Mutter kriegt ein Kind, und ich bin gerade drei Zähne losgeworden, und die arme Rose ist ein bißchen außer Fassung. Der einzige, der noch klar denken kann, ist Henry, aber in seinem Alter darf man noch nicht zuviel von ihm verlangen.» Wie gesagt, Henry war erst drei Jahre alt.

Catherine wurde ganz krank vor Angst. All das mußte ausgerechnet an dem Tag passieren, an dem sie sich zum erstenmal in ihrem Leben *richtig* verabredet hatte! Und sie konnte Rupert noch nicht mal Bescheid sagen! Sie wußte überhaupt nicht, wo er wohnte oder wo er arbeitete. Die einzige Möglichkeit war, im Restaurant eine Nachricht für ihn zu hinterlassen.

Sie sagte: «Und Tertia?» Natürlich, Tertia, ihre zwölfjährige Schwester.

«Sie ist zur Orchesterprobe. Sie kommt erst weiß Gott wann zurück.»

«Kannst du nicht Großmutter Verity anrufen?»

«Meine liebe Tochter, *die* hat es doch vorgezogen, eine Kreuzfahrt im Mittelmeer zu machen. Von wegen die Ratten verlassen das sinkende Schiff», fügte er bitter hinzu.

Catherine war immer ein fröhliches, liebenswertes Mädchen gewesen und hatte die elterliche Autorität genauso akzeptiert wie die Luft, die sie zum Atmen brauchte. Sie hatte sich immer bemüht, ihnen Freude zu machen. Aber jetzt tat sie den ersten beängstigenden Schritt ins Frauendasein. Zu sich selbst sagte sie: «Wenn Mutter in ihrem Alter unbedingt noch Kinder kriegen will, geht es mich nichts an. Schließlich muß ich mein eigenes Leben führen. Laut sagte sie: «Ist Mutter ins Krankenhaus gefahren?»

«Ja. Eben gerade.»

«Gut», sagte Catherine. «Dann brauchst du mich ja nicht unbedingt, Daddy, oder? Es dreht sich doch nur darum, zu essen und die Kinder ins Bett zu bringen. Das kannst du doch allein schaffen, oder?»

Vom anderen Ende kam ein entsetztes und ungläubiges Schweigen. Dann, nach endlosen Sekunden: «Aber... im Büro ist doch gar nichts Besonderes los, oder?»

«Das Büro meine ich nicht. Ich habe eine Verabredung. Ich habe es dir doch gesagt, Daddy!»

«Eine Verabredung? Du kannst doch heute nicht einfach eine Verabredung haben. Deine Mutter kriegt ein Kind.»

«Das ist *ihr* Problem.»

Es läßt sich schwer entscheiden, wer von beiden über diese letzte Bemerkung mehr entsetzt war, Catherine oder Charles. Catherine kam sich wie ein Bergsteiger vor, der einen Stein ins Rollen gebracht hat und nun auf das Tosen der darauf folgenden Lawine lauscht. Charles hätte auch dann nicht überraschter sein können, wenn seine Tochter als Schlange durch die Telefonleitung auf ihn zugekrochen wäre und ihn gebissen hätte.

Aber – beschloß er – er mußte sich verhört haben. So etwas Schreckliches konnte Catherine nicht gesagt haben. Er brummte: «Übrigens, altes Mädchen, es geht mir tatsächlich nicht sehr gut. Die Zähne, weißt du. Wenn du also so schnell wie möglich herkommen könntest – die Pläne für Grange brauchst du heute abend nicht mehr abzuschicken.»

Also keine Lawine! Sie sagte: «Hör mal, Daddy, lieber, ich möchte wirklich nicht herzlos sein, und ich werde dich versorgen, so gut ich kann, während Mutter weg ist, aber diesen einen Abend kannst du es wirklich allein schaffen. Grüß Mami von mir. Ich hoffe sehr, daß mit ihr alles in Ordnung geht, ich bin sogar davon überzeugt, denn bei ihr ist das Kinderkriegen wie Erbsenauspulen.»

Langsam drang Charles zum Kern der

Unterhaltung vor. «Du willst also sagen, daß du heute erst sehr spät nach Haus kommst?»

«Genau.»

Noch einmal ein langes Schweigen. Dann, nach endlosen Sekunden, traurig und vorwurfsvoll: «Weißt du, Catherine, mein Mund tut wirklich sehr weh.»

«Oh, das tut mit leid, Daddy», sagte sie kläglich. Und legte den Hörer auf die Gabel zurück. Sie hatte für ihren Abend in Freiheit gekämpft und gewonnen. «Und hoffentlich macht er dir recht viel Spaß», sagte die Stimme des Gewissens beißend.

«Schließlich muß ich mein eigenes Leben führen», sagte Catherine, eindeutig in die Defensive gedrängt.

«Oh, hör auf damit. Das ist schon seit Kain und Abel die Entschuldigung für alle Arten von Egoismus gewesen.»

«Aber es ist *trotzdem* wahr», sagte Catherine wütend. «Oh, warum kann man bloß nicht erwachsen werden, ohne allen anderen Menschen weh zu tun?»

Sie sagte zu dem leeren Büro: «Ich werde noch nicht mal zum Umziehen nach

Hause gehen. Ich bleibe in der Stadt. Wenn Rupert mich nicht in meinem Bürodreß liebt, dann... dann braucht er mich gar nicht zu lieben.»

«Wenn er dich tatsächlich liebt», sagte die Stimme des Gewissens zuckersüß, «dann ist er bestimmt der einzige, der dich liebt. Du hast keine gute Figur gemacht, Mädchen.»

Tertia war ganz bleich geworden. Das war eine von den Situationen, die sie so liebte: Mami fort, um ein Kind zu kriegen, Daddy schutz- und pflegebedürftig, die kleine Rose völlig außer Fassung und Catherine noch nicht zu Haus, so daß sie, Tertia, praktisch die Verantwortung trug. Sie stürzte ins Wohnzimmer. Rose versuchte gerade, sich von der schrecklichen Tatsache der mütterlichen Abwesenheit abzulenken, indem sie den kleinen Henry in einen Frosch verwandelte. Oder es zumindest versuchte. Aber bis jetzt hatte sie trotz ihrer Verkleidung als Nachwuchs-Hexe – spitze Haube, Plastikkrallen, Zauberstab – noch keinen rechten Erfolg gehabt.

Vater las die Zeitung. Ihr Auftauchen schien ihn zu erfreuen. «Ah, da bist du ja, Tertia. Ich dachte gerade daran, wie ich etwas zu essen bekomme. Nicht daß ich nach dem Zahnarzt viel Appetit hätte...» fügte er düster hinzu.

«Da ist doch so ein blutiges Loch», sagte Henry geschwätzig. «Zeig, Daddy. Und da ist auch ein großer Fetzen Zahnfleisch, und alles hängt...»

Rose sah ganz krank aus. Charles offengesagt auch. Aber Tertia war aus anderem Holz geschnitzt. Sie sah aus wie Florence Nightingale, der Engel der Schlachtfelder, der gerade dabei war, ein Notlazarett auf der Krim sauberzumachen. Aber zuerst fragte sie noch: «Was ist denn mit Catherine?»

«Ich glaube, sie ist nicht ganz bei Sinnen», sagte Charles bitter. «Sie ist auswärts essen gegangen – heute, ausgerechnet heute, wo eure Mutter im Krankenhaus liegt, und... und sie weiß doch, daß ich beim Zahnarzt gewesen bin... Ich kann diese neue Generation einfach nicht mehr verstehen.»

Rose sagte weinerlich: «Daddy, warum will Henry sich nicht in einen Frosch verwandeln?»

«Schwer zu sagen. Diese Dinge sind nun mal ein bißchen Glückssache.»

Aber Tertia hörte nicht zu. Ihre Gedanken rotierten. Zuerst ein Essen. «In Hauswirtschaftslehre haben wir vor kurzem Wiener Schnitzel gehabt», sagte sie nachdenklich. «Aber ich glaube nicht, daß wir Kalbfleisch im Haus haben.» Sie ging in die Küche. Sie kam wieder zurück. «Wir haben keins. Wie wär's mit gebackenen Bohnen auf Toast, mögen das alle?»

«Oh, ja», sagten Rose und Henry einstimmig. Beide hatten schon lange beschlossen, nichts anderes als gebackene Bohnen auf Toast zu essen, wenn sie erst mal erwachsen waren.

Aber Charles sagte: «Tertia, ich glaube, daß ich lieber einen Teller warme Milch mit Brot essen sollte. Wenn das nicht zuviel Umstände macht», fügte er rücksichtsvoll hinzu.

Rose sah Henry außerordentlich forschend an. «Ich finde, jetzt sieht er schon mehr wie ein Frosch aus. Findest du nicht auch, Daddy?»

«Ja, sehr», sagte Charles Limmerick aufmunternd. «Mach nur so weiter, Rose.»

Tertia sauste in die Küche. Also: Milch aufsetzen, Dosen aufmachen, Toast rösten – oh, wenn Catherine doch bloß wegbliebe, dann lag ein wundervoller Abend vor ihr: Vom Vater an abwärts konnte sie allen einmal zeigen, wie sie den ganzen Laden schmiß. «Wer immer es auch sein mag, laß ihn Catherine mit in seine Wohnung nehmen und mit ihr flirten», betete sie fromm. Andernfalls könnte Catherine zurückkommen, ehe sie die Kinder ins Bett gebracht hatte.

Catherine traf als erste im «Goldenen Fasan» ein. Als Rupert kam, bildete sie sich ein, daß seine wundervollen Augen mit einer Spur von Enttäuschung auf ihr ruhten. Sie hätte sich eben doch noch umziehen sollen. Aber sie konnte es doch nicht. Wenn sie erst einmal nach Hause gegangen wäre, hätte Vater bestimmt Mittel und Wege gefunden, sie festzuhalten; und wenn er gezwungen gewesen wäre, von der Treppe zu fallen und sich ein Bein zu brechen.

Rupert war sehr aufmerksam, aber seine Aufmerksamkeiten machten einen etwas routinierten Eindruck. Catherine gab sich viel Mühe, eine amüsante und charmante Begleiterin zu sein; das Schicksal war jedoch gegen sie. Ihr Gewissen machte ihr immer mehr zu schaffen, und sie beschloß, daß sie gegen zehn wieder zu Hause sein mußte. Aber die Bedienung war so langsam, daß ihr mehr nach Schreien als nach gewinnendem Lächeln zumute war. Sie wußte es, jener schreckliche sechste Sinn, der alles über solche Dinge weiß, sagte ihr, daß der Abend kein Erfolg werden würde.

Alles, was Tertia geschafft hatte, war das Umbinden einer Schürze. Dann klingelte es an der Tür.

«Ich gehe hin», rief sie. Sie hatte keine Angst. Catherine würde es nicht sein. Catherine hatte einen eigenen Schlüssel.

Sie öffnete die Tür.

Es war schlimmer als Catherine. Es war Oma Limmerick!

Oma Limmerick hatte einen Koffer und eine lederne Reisetasche bei sich. Oma Limmerick war ein einziges strahlendes Lächeln. Sie betrachtete ihre beschürzte kleine Enkelin, und das Strahlen umwölkte sich ein wenig.

«Oh, die *fleißige* kleine Hausmutter», rief sie laut und bewegt, und die zürnende Tertia fand sich vom Ozean des großmütterlichen Busens verschlungen.

«Mutter!» rief Charles, der in den Flur gekommen war. «Wieso um alles in der Welt bist *du* hier?»

«Ah! Das ist mein kleines Geheimnis.» Sie gab Tertia frei. «Den Koffer hatte ich schon vorbereitet. Und als dein Anruf kam, daß Claire ins Krankenhaus sei – da habe ich sofort den nächsten Zug genommen.»

Sie gingen in das große, gemütliche Wohnzimmer. Und da erblickte sie Rose und Henry. «Also, nun schaut doch mal, wer da gekommen ist», rief sie verzückt und breitete die Arme aus. Sie entdeckte die Hexenverkleidung und heuchelte tödliche Angst. «Oh, Daddy, was für eine böse Hexe! Wo soll ich mich bloß verstecken?»

Rose und Henry sahen sie abwesend und mürrisch an. Weshalb zeigen sie ihr nicht etwas mehr Zuneigung, dachte Charles. Sie würde Freudentränen vergießen, wenn sie in ihre Arme stürzten. Täten sie es doch bloß! Er versuchte, sich ihnen unauffällig zu nähern und sich gleichzeitig selbst etwas Gutes zu tun. «Es ist wirklich sehr nett von dir, Mutter, daß du gekommen bist. Wir Männer fühlen uns immer so hilflos, wenn keine Frau im Haus ist.»

Also, verdammt noch mal, dachte Tertia. Wofür hält er *mich* denn?

Aber ihr Vater redete schon weiter: «Wirklich, Mutter, du könntest gar nicht willkommener sein.» Er rieb seine Backe. «Mir... wurden heute ein paar Zähne gezogen. Fühle mich wirklich nicht sehr gut.»

Mrs. Limmerick machte einen entsetzten Eindruck. «Du hast doch nicht etwa Lachgas bekommen?»

Charles nickte.

«Oh, du Ärmster. Du hast es noch nie vertragen können. Ich erinnere mich, als du zwölf warst... Möchtest du nicht ins Bett, Liebes?»

Mit einem Ausdruck edler Selbstaufopferung schüttelte Charles den Kopf. Aber Mrs. Limmerick war in ihrem Element. Nun, da ihre liebe, aber zweifellos etwas zu strenge Schwiegertochter aus dem Weg war, konnte sie nach Herzenslust wirken und verwöhnen.

«Jetzt müßt ihr aber erst mal erlauben, daß Oma sich den Mantel auszieht», sagte sie. «Und dann könnt ihr alles Oma überlassen. Du gehst und spielst, Tertia, Liebes, Oma kümmert sich schon um alles.»

Sie erhielt einen unheilverkündenden Blick.

«Ich will aber nicht spielen», sagte Tertia kurz und spitz.

Oma Limmerick, die sich etwas auf ihre Kenntnisse in Kinderpsychologie zugute tat, parierte geschickt: «Natürlich willst du nicht, Liebes. Sehr richtig. Du kommst also mit und hilfst Oma in der Küche. Ich weiß gar nicht, was Oma tun würde ohne die Hilfe eines so großen Mädchens wie du!»

Tertia war bis aufs Blut gereizt und kochte über. Sie gebrauchte ein Wort, von dem ihr Vater nicht erwartet hätte, daß sie es überhaupt kennen würde, und das Oma Limmerick zum Glück *nicht* kannte.

«Tertia!» rief Charles empört. Er wußte nicht, was heute über seine Familie gekommen war. Zuerst Catherine und nun auch noch Tertia. Konnte es sein, daß jetzt, da Claire nicht mehr da war, die Disziplin aufrechtzuerhalten, eine Meuterei ausgebrochen war? «Na gut», sagte Tertia unwillig. Sie beschloß, ihre Verluste niedrig zu halten und gleichzeitig noch etwas aus dem Wrack zu retten. «Kann ich dann wenigstens Henry baden?»

Mrs. Limmerick blickte zweifelnd drein. «Also, du wirst doch sehr vorsichtig sein, nicht wahr, Liebes? Wir wollen doch alle, daß nichts passiert, nicht wahr?»

«Ich werde ihn nicht unter Wasser halten, wenn du das meinst», sagte Tertia hitzig.

«Tertia! Sei nicht so frech!» Charles fand, daß es allmählich über seine Kräfte ging. Es läutete.

Nach der Suppe mußten sie zwanzig Minuten auf den Hauptgang warten. Catherine sah verstohlen auf ihre Uhr. Sie stellte sich die schrecklichsten Sachen vor. Der arme, von Zahnschmerzen gepeinigte Daddy schlitzte sich mit dem Büchsenöffner auf; Rose weinte verzweifelt, und niemand war da, um sie zu trösten. Oh, sie hätte nicht herkommen sollen. Sie hätte auf dem schnellsten Weg nach Haus eilen müssen. Sie war ein undankbares Mädchen. «Rupert, ich... ich darf auf keinen Fall zu spät nach Haus kommen», sagte sie ängstlich.

«Oh, der Abend hat ja noch nicht mal richtig angefangen», sagte er achtlos. «Nimm noch ein bißchen Wein.» Er machte ihr Glas voll und lächelte – zweifellos genauso, wie der Wolf gelächelt hatte, als er Rotkäppchen beschwatzte.

Aber für Catherine war es das schönste Lächeln der Welt. Ängstlich lächelte sie zurück und ließ ihre Hand auf dem Tisch liegen, wo er sie halten konnte, wenn er wollte. Er wollte nicht. Für derartige Dinge, dachte er, hätte man später noch reichlich Zeit.

Tertia ging und öffnete die Haustür.

Es war Großmutter Verity, die Mutter ihrer Mutter. Braungebrannt und gestärkt von der Mittelmeersonne!

Großmutter Verity sah Tertias Schürze, reimte sich zwei und zwei zusammen und bekam genau vier heraus. «Sag bloß nicht, daß ich zu früh zurückgekommen bin», rief sie. «Hat sie es noch nicht gekriegt?»

«Sie kriegt es gerade», sagte Tertia.

«Also, früher hat sie es immer eine Woche zu früh gekriegt», sagte Mrs. Verity bekümmert.

Charles, Rose und Henry erschienen. Zum Kummer ihres Vaters rannten Rose und Henry los und stürzten in die Arme ihrer Großmutter mütterlicherseits. Henry sagte eifrig: «Großmutter, sehe ich aus wie ein Frosch?»

«Nicht sehr, Liebes, aber mach dir deshalb nicht zuviel Sorgen.» Sie wandte sich an Charles. «Wie geht's Claire?»

«Sie sagen, daß alles ganz normal verläuft. Ich glaubte dich in Aleppo.»

«Ich wollte, ich wär noch dort. Also, ich nehme fast an, daß ich hier nicht mehr gebraucht werde, oder?» Sie wandte sich zum Gehen. «Ruf mich an, sobald du etwas hörst, Charles.»

Also, das ist wirklich eine taktvolle Großmutter, dachte Tertia. Von ihrer Seite braucht man wenigstens keine idiotischen Hilfsangebote zu befürchten. Aber da hatte Mrs. Verity etwas erblickt, was sich ihr die Haare sträuben ließ. Mrs. Limmerick kam aus dem Wohnzimmer geschritten, und zwar, so dachtc dic immer noch sehr attraktive Helen Verity boshaft, wie ein weibliches Nilpferd, das zu seinem Wasserloch humpelt. «Mrs. Limmerick!» rief sie. «Was machen *Sie* denn hier?»

«Ich wollte nur sehen, wie ich helfen kann», sagte Oma Limmerick. «In einem solchen Fall müssen wir doch alle mit zupacken, nicht wahr?»

Mrs. Verity kam ins Haus und zog den

Mantel aus. «Ich», sagte sie entschlossen, «ich bade die Jüngsten.»

Nervös sagte Catherine: «Ich... ich hätte gern gewußt, ob es dir was ausmacht... wenn ich nicht mehr bis zum Kaffee bleibe. Ich muß wirklich zurück nach Haus.»

Er musterte sie mit wütendem Erstaunen. «Aber... aber wir wollten doch noch zu mir fahren. Ich dachte, du wolltest gern ein paar von meinen Platten hören.» Das durchkreuzte seine Pläne ganz gewaltig. Man spendierte einem Teenager doch kein teures Essen, wenn der Vogel noch vor dem Kaffee wieder ins Nest zurückflog!

«Oh, aber ich kann doch nicht», sagte Catherine und nestelte mitleiderregend an ihrer Serviette herum. «Ich muß gegen zehn zu Hause sein.»

«Warum?» fragte er kalt.

«Mutter kriegt ein Kind.»

Er sah sie unsicher an. Langsam fragte er sich, ob sie nicht noch viel jünger war, als sie ohnehin schon aussah. Es bestand wohl kein Zweifel. Er mußte sie loswerden. «Na schön», sagte er gereizt. «wenn du unbedingt willst.»

«Nein», sagte sie. «Ich... ich möchte gern mit zu dir fahren, Rupert.» Das stimmte. Auf der ganzen Welt gab es nichts, was sie lieber getan hätte. Und außerdem würde sie ihn verlieren, wenn sie nicht mitkäme. Daran zweifelte sie nicht im geringsten. Aber sie konnte nicht bleiben. Etwas Stärkeres als sie selbst – Gewissen, Erziehung, Gutherzigkeit? – erlaubte es nicht.

Sie verabschiedeten sich auf den Stufen zum Restaurant. Er brachte sie noch nicht mal zum Bus. «Vielen Dank auch für den schönen Abend. Ich hoffe wirklich... daß wir uns mal wiedersehen.»

«Natürlich», sagte er und beobachtete die vorbeifahrenden Autos. «Ich ruf dich gelegentlich mal an.» Er schenkte ihr ein dünnes, flüchtiges Lächeln und war weg.

Der kleine Postbus schnurrte durch die allmählich dunkel werdende Landschaft. Wie zusammengelegtes Leinen lag der Nebel in den Tälern. In den Fenstern der Häuser gingen langsam die Lichter an, eins nach dem anderen. Die Hügel lagen dunkel und schlafend da. Alles war traurig, unsagbar traurig, und Catherine war allein mit ihrer Angst und ihrem Unglück, während der Bus ihrem Heim entgegenschlingerte und kletterte und keuchte.

Sie sah der unbestreitbaren Tatsache, daß sie jetzt nie mehr heiraten würde, gefaßt und mutig ins Auge. Die Männer fanden sie unattraktiv, das war ganz klar. Außerdem war sie trotz seiner abweisenden Kälte immer noch irrsinnig in Rupert verliebt. Nach ihm könnte sie niemals einen anderen lieben. Andere Männer waren so gewöhnlich.

Vielleicht würde ihr Leben noch sechzig Jahre dauern – und sie würde als alte Jungfer enden! Düster blickte sie einer freudlosen Zukunft entgegen. Als der Bus sich aber ihrem Heim immer mehr näherte, wandten ihre Gedanken sich anderen Ängsten zu. Sie, Catherine, hatte die mütterlichen Pflichten zu übernehmen. Jetzt war *sie* verantwortlich. Sie war überzeugt, Vater würde einen Herzanfall haben und der Kamin würde Feuer fangen und Henry würde sich eine Pulsader aufschneiden. Und zwischen all diesen Katastrophen müßte sie auch noch Essen kochen und saubermachen und einholen. Die nächsten vierzehn Tage breiteten sich wie ein lebenslänglicher Alptraum vor ihr aus.

Und Vater hatte allen Grund, unzufrieden mit ihr zu sein, ehe sie überhaupt angefangen hatte ! Und das konnte sie ihm noch nicht einmal übelnehmen. Oh, warum war sie bloß nicht um fünf Uhr nach Haus gefahren wie eine pflichtbewußte Tochter?

Catherine erreichte den kleinen Marktplatz. Sie stieg aus. Der beleuchtete Bus rollte fröhlich die Straße hinunter, bis er außer Sicht war. Sie war allein mit Dunkelheit und Schweigen. Sie ging nach Haus und sammelte alle ihre Kräfte für den Abwasch, das Aufräumen und die Katastrophen – und für die Auseinandersetzung mit Vater.

Sie schloß die Tür auf und betrat das Haus.

Alles klang seltsam friedlich; oder so friedlich, wie ein Haus klingen kann, in dem Tertia gerade eine Arie von Bach auf der G-Saite übte. Catherine ging in die Küche und machte Licht. Es herrschte peinliche Ordnung: kein einziger nicht abgewaschener Topf in Sicht.

Sie ging gerade auf das Wohnzimmer zu, als Großmutter Verity herauskam. «Hallo, Catherine, wo bist du denn gewesen?»

Catherine sagte sehr beschämt: «Ich habe auswärts gegessen, Großmutter. Ich weiß, ich hätte es nicht...»

Aber ihre Großmutter sah sie bewundernd an. «Also, du bist wirklich ein vernünftiges Mädchen. Ich hätte nicht gedacht, daß du so vernünftig bist.»

Catherine war fassungslos. «Was? Du meinst...»

«Ich meine, wenn die Leute unbedingt Kinder kriegen wollen, ist es ihre Sache. Ich sehe nicht ein, wieso sie die ganze Familie mit hineinziehen sollten. Was dachtest du denn, weshalb ich ans Mittelmeer gefahren bin?» Sie blickte auf die Uhr. «Aber um Himmels willen, was machst du schon um diese Zeit zu Hause? Hat es beim Essen Streit gegeben?»

Catherine sagte kläglich: «Nein, ich... ich dachte nur, ich müßte nach Hause kommen.»

Jetzt sah Mrs. Verity sie nicht mehr bewundernd an. Sie schüttelte den Kopf. «Also, Liebes, wenn du schon rebellierst, dann rebelliere bitte gleich richtig.» Sie spitzte ein Ohr. «Ist das nicht Bach, was sie da spielt?»

«Ja.»

«Gott schütze uns alle», sagte Mrs. Verity. «Gute Nacht, Liebes.» Und fort war sie.

Catherine ging ins Wohnzimmer. Vater war allein und las, ein Glas neben sich, Hausschuhe an den Füßen.

Er blickte von der Architektenzeitschrift auf, rückte sich die Brille höher auf die Nase, lächelte und sagte mit seiner freundlichsten Stimme:

«Großer Gott, du kommst ja früh. Habt ihr euch etwa bei der Suppe gezankt?»

«Nein, ich dachte, ich müßte zurückkommen, um mich um den Haushalt zu kümmern.»

«Nicht nötig, Kleine. Alles unter Kontrolle. Kinder im Bett, Abwasch erledigt, verdammt gutes Essen gehabt, wir alle.»

«Aber wer...»

«Oma Limmerick. Sie ist schon früh zu Bett gegangen.» Er blickte seine Tochter mit freundlicher Anteilnahme an. «Schade, daß du nicht in der Stadt geblieben bist und dich amüsiert hast, Catherine.»

«Ja», sagte Catherine.

Ziellos wanderte sie im Zimmer umher. Sie würde sich, dachte sie, die weisen Worte ihrer Großmutter für alle Zeiten einprägen: «Wenn du schon rebellierst, dann rebelliere bitte gleich richtig.» Sie sah kurz auf ihre Uhr. Um diese Zeit hätte sie gerade mit zu seiner Wohnung fahren können – anstatt einer freudlosen Zukunft ewiger Jungfernschaft entgegenzublicken. Oder seine Langspielplatten hören anstatt das ferne Kratzen von Tertia.

«Mein Gott», sagte Charles Limmerick. «So ein Gekratze. Der arme alte Johann Sebastian!»

Das Telefon klingelte.

Mit der Geschwindigkeit eines Panthers sprang Vater aus seinem Sessel und durch das Zimmer. «Charles Limmerick.»

Er lauschte. «Ein Junge? Natürlich ist es ein Junge, Schwester. Wir haben nie daran gedacht, daß es was anderes sein könnte. Ja, ich bin sofort da.»

Er knallte den Hörer auf die Gabel zurück und lief quer durch das Zimmer. «Beiden geht es gut», schleuderte er Catherine entgegen.

«Daddy... darf ich mitkommen?»

Er dachte kurz nach, stand da und sah sie an. Dann lächelte er breit, ging auf sie zu und legte ihr einen Arm um die Schultern. «Aber mein Liebes, natürlich darfst du mitkommen.»

Die Autoscheinwerfer glitten und stiegen und hopsten die hügelige Straße entlang. Bei dem seltenen Überschwang ihres Vaters vergaß Catherine ihren Rupert und die freudlosen Jahre ohne ihn, die vor ihr lagen. Er begann zu singen: «Denn es ward uns...»

«Pom pom pom pom», sang Catherine mit.

«...ein Kind geborn.»

«Pom pom pom pom.»

«Denn es ward uns... (‹pom pom pom pom›) ...ein Sohn geschenkt.» Lachend hörten sie auf, als sie das Krankenhaus erreichten.

Catherine Limmerick griff nach dem Arm ihres Vaters. «O Daddy», rief sie, «Mami hat wirklich Glück gehabt, daß sie dich bekam.»

«Ganz meine Meinung», sagte er.

Hand in Hand rannten sie zusammen die Stufen zum Eingang hinauf.